Fernando Vizcaíno Casas lleva publicados treinta y cuatro libros con Editorial Planeta en los últimos diecinueve años. De ellos ha vendido más de cuatro millones de ejemplares, hecho poco frecuente en España y que justifica la manía que le tienen algunos del oficio y lo poco que les gusta a ciertos críticos.

Pero además de escritor, Vizcaíno Casas es abogado en ejercicio desde 1951, especialista en Derecho Laboral, y su estudio jurídico goza de amplio prestigio entre empresarios y trabajadores, sus constantes clientes.

Tantos años vistiendo la toga, interviniendo en millares de juicios, le han permitido seleccionar una estupenda colección de anécdotas judiciales, a las que añade para este libro otras facilitadas por queridos compañeros.

Con todo lo cual, *Historias puñeteras* es un muestrario divertido, jocoso, aleccionador también, que hará reír a cuantos lo lean, así profesionales como ajenos al mundo del Derecho. Porque, además, todas estas historietas son verídicas. Aunque en muchos casos parezca increíble.

Historias puñeteras

Fernando Vizcaíno Casas

Historias puñeteras

PLANETA

Córcega, 273-279, 08008 Barcelona (España)
Diseño de la colección: Josep Bagà
Ilustración de la cubierta: foto © Moonlight/Photo Press
Primera edición: octubre de 1997
Segunda edición: noviembre de 1997
Tercera edición: noviembre de 1997
Cuarta edición: noviembre de 1997
Quinta edición: diciembre de 1997
Sexta edición: enero de 1998
Depósito Legal: B. 1.231-1998
ISBN 84-08-02288-1
Composición: Víctor Igual, S. L.
Impresión: Hurope, S. L.
Encuadernación: Serveis Gràfics 106, S. L.
Printed in Spain - Impreso en España

ÍNDICE

ACLARACIÓN SOBRE LAS PUÑETAS Y LO PUÑETERO

El *Diccionario de la Lengua Castellana*, en su edición de 1737, define las *puñetes* como *lo mismo que axorcas u otros adornos de los puños.* Curiosamente, el actual *Diccionario de la Real Academia* no incluye el vocablo, al menos en la edición de 1992, que es la que yo consulto. Tampoco lo cita don Julio Casares en su *Diccionario ideológico*. En estos dos textos, los adornos o encajes que llevan en las bocamangas los jueces se mencionan con el más delicado nombre de *vuelillos*.

Sin tantos remilgos, Margarita Cordón y Elena Bonnet, en su *Diccionario de frases hechas de la lengua castellana* (Editorial Anaya, 4.ª ed., 1994, p. 105), no sólo recogen la palabra, sino que dan cumplida explicación del origen de la frase derivada, *mandar a hacer puñetas*.

Según ellas, la tradición supone que la industria del encaje es de origen árabe; los primeros encajes españoles se hicieron a la aguja, en el siglo XVI, y también entonces comienzan a exportarse a mercados extranjeros. La mayor parte de estas labores se realizaban en los conventos, con hilos de oro y plata que hicieron famoso el nombre de *punto de España*. Las poblaciones dedicadas a tan esmerada artesanía eran Almagro, Granátula, Manzanares, Zamora, Camariñas y Barcelona, así como los pueblos de su costa.

La confección de encajes y puñetas, como la de mantillas, enaguas, pañuelos y blondas en general, suponía un trabajo ímprobo, de larga duración. De lo que se derivó mandar *a hacer puñetas* a aquellas personas a quienes deseamos ver alejadas de nosotros durante el mayor tiempo posible.

Y tras tan eruditas aclaraciones, que tomo de las autoras y el libro citados, vengamos al uso cotidiano de la palabra, utilizada para denominar los adornos de encaje u otro tejido ligero que llevan jueces y magistrados en las bocamangas de sus togas. Puñetas las llamamos todos los profesionales del Derecho, sin que nadie se escandalice ni busque acepciones torpes al vocablo. De ahí que este libro, en el que se recogen anécdotas y sucedidos del mundo judicial, o séase, del foro, también llamado la curia, lo haya titulado así: *Historias puñeteras*.

Reconozco que estuve tentado de intitularlo *Puñeterías*. Pero entonces sí que las interpretaciones podrían haber sido malévolas. Y como dijo don José Ortega y Gasset, filósofo I de España y V de Alemania, *no es eso, no es eso...*

F. V. C.

EL «JODER» JUDICIAL

El *Boletín Oficial del Estado,* más conocido por su sigla o abreviatura, *BOE,* publicó un acuerdo de la Comisión Permanente de 14 de septiembre de 1984 por el que se nombraba juez unipersonal suplente del Tribunal Tutelar de Menores de Melilla. Normal. Sin embargo sorprendió a los lectores de la también llamada *Gaceta de Madrid* que el acuerdo en cuestión apareciese firmado por

el Presidente del Consejo General del JODER Judicial.

Creímos entonces que se trataba de una errata; con el tiempo, se ha demostrado que fue toda una premonición.

Y por si algo faltara, en el mismo *BOE* de posteriores fechas se citó al organismo en cuestión como el *CONEJO General del Poder Judicial.* Con lo que, errata sobre errata, tendríamos la muy sicalíptica denominación de un *CONEJO General del JODER Judicial.*

*

Creo oportuno abrir estas páginas, en las que se recordarán gazapos, anécdotas, historias, errores y disparates varios cometidos en el ámbito del Derecho y la justicia a lo largo de los siglos, para situar con bastante precisión la realidad de su administración en los últimos años. Por supuesto que sería injusto generalizar las pifias y, más todavía, incriminar globalmente a cuantos le sirven en sus deficiencias y salidas de tono. Cuando el alcalde de Jerez Pedro Pacheco dijo aquello de que *la justicia es un cachondeo*, estaba recogiendo una opinión por desgracia muy generalizada en la España actual; aunque no dejaba de hacerlo con demagogia, elevando la anécdota a categoría.

De todos modos, resultaría necio querer disimular los desatinos que, por ignorancia o por espurio interés, nos ofrece de vez en vez el Poder Judicial, en armoniosa colaboración con el Legislativo. Como el portavoz natural de éste es el *Boletín Oficial del Estado*, cumplía desbrozar el camino pintoresco por el que vamos a transitar, anticipando la ligereza expositiva con que en sus páginas se incurre a diario. Del *BOE* puede decirse que es la Biblia de la Administración; bueno, pues a lo largo de los casi trece años de gobierno socialista estas laicas Escrituras han sido una sucesión de lapsus, errores, deslices y chambonadas.

Lo que no deja de tener cierta lógica, si pensamos que su directora de entonces, doña Carmen Salanueva, lleva ya bastantes meses avecindada en la cárcel a consecuencia de sus irregulares gestio-

BOLETIN OFICIAL DEL ESTADO

GACETA DE MADRID

21851 *ACUERDO de 14 de septiembre de 1984, de la Comisión Permanente, por el que se nombra Juez unipersonal suplente del Tribunal Tutelar de Menores de Melilla a don Angel Gallego Hernández.*

De conformidad con el artículo 3.° de la Ley de Tribunales Tutelares de Menores de 11 de junio de 1948, modificado parcialmente por Decreto de 28 de febrero de 1976, a propuesta de la Sala de Gobierno de la Audiencia Territorial de Granada,

La Comisión Permanente del Consejo General del Poder Judicial, en su reunión del día de la fecha, ha acordado nombrar a don Angel Gallego Hernández, Juez de Distrito de Melilla, para el cargo de Juez unipersonal suplente del Tribunal Tutelar de Menores de dicha capital, que ejercerá simultáneamente con su actual destino.

Madrid, 14 de septiembre de 1984.—El Presidente del Consejo General del Poder Judicial, Federico Carlos Sainz de Robles Rodríguez.

nes al frente del periódico editado por el gobierno. Aunque creo que su presunto enriquecimiento con el cobro de comisiones por el papel que adquiría para el *BOE*, a precios superiores a los del mercado, todavía se encuentra pendiente de juicio. Y la condena que actualmente cumple se debe a sus curiosas (y presuntas, hay que decir siempre) artes para obtener cuadros de los mejores pintores, haciéndose pasar por altos personajes del Estado, incluida S. M. la Reina, merced a su habilidad para imitar voces ajenas.

En fin, con tan original directora y con otras de su mismo talante, en la *Gaceta* o *Boletín* aparecieron textos profundamente divertidos. Ahí van algunos.

*

Al publicar una disposición firmada por el entonces ministro de Asuntos Exteriores don Fernando Morán, en 9 de enero *de 1984*, se afirmaba que, a su propuesta y previa deliberación del Consejo de Ministros, había sido aprobada el 9 de enero *de 1985*. La visión de futuro resultaba, pues, admirable.

El Consejo Supremo de Justicia Militar, a la sazón dependiente del Ministerio de Defensa, comunicaba, asimismo a través de las páginas deliciosas del *BOE*, la relación de pensiones concedidas a personal civil (21-VI-82), entre las que figuraba la otorgada a doña María Josefa V. V., *viuda del capitán capellán 1.º* de la Armada José Manuel P. L. Adelantándose así a las más progresistas tendencias eclesiásticas, se consolidaba el debatido derecho de los clérigos a contraer matrimonio.

Siguiendo tan aleccionadores ejemplos, los boletines de las Comunidades Autónomas y el de las Cortes Generales han incurrido también en estupendas muestras de despiste. En este último (9-IV-85) se daba cuenta de la contestación del gobierno del señor González a una pregunta del Grupo Parlamentario Popular sobre los estudios anunciados para la extensión de la *autopsia* alternativa Santiago-Pontevedra. Más bien debió responder un médico forense; el doctor Alfonso Cabeza, por ejemplo, que tiene mucha gracia.

Con amplitud y detalle contestó asimismo el gobierno a las preguntas sobre regulación del año sabático y otros temas de educación formuladas por el diputado señor Zarazaga. Al que explicaba (según el dichoso *BO* del Congreso) que las medidas se *hayan* contenidas en el real decreto que se *haya* en discusión y tramitación. Teniendo en cuenta que se trataba de materia concerniente al

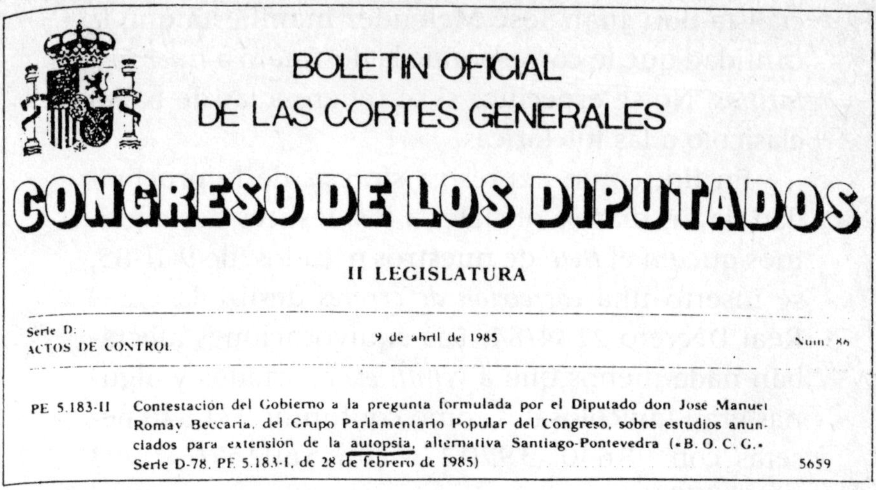
BOLETIN OFICIAL
DE LAS CORTES GENERALES

CONGRESO DE LOS DIPUTADOS

II LEGISLATURA

Serie D:
ACTOS DE CONTROL | 9 de abril de 1985 | Núm. 86

PE 5.183-II Contestación del Gobierno a la pregunta formulada por el Diputado don José Manuel Romay Beccaria, del Grupo Parlamentario Popular del Congreso, sobre estudios anunciados para extensión de la autopsia, alternativa Santiago-Pontevedra («B. O. C. G.» Serie D-78, PE 5.183-I, de 28 de febrero de 1985) 5659

Ministerio de Educación, la reiterada falta de ortografía quizás se anticipase a las curiosas tesis de Gabriel García Márquez, expuestas por el Nobel colombiano en el Congreso de Zacatecas.

En el *BO* de La Rioja (14-V-85) se insertó un edicto del juez de Primera Instancia número 2 de Logroño relacionando los bienes inmuebles embargados a don Telesforo M. V. con enumeración concreta de todos ellos, sobre datos tomados del Registro de la Propiedad correspondiente. En el apartado 4 se precisa: *Tiene algo en el tomo 914, folio 109, pero dicho tomo no se encuentra en el Registro. La encargada dice que posiblemente se encuentre en reparación, dada su antigüedad. (Del tomo, no de la encargada.)* [*Sic*]; o sea, literalmente transcrito.

Y en el *BO* de la provincia de Palencia (5-X-83) se nos cuenta que, acordada por el Ayuntamiento de Ampudia la asignación de dietas y compensaciones económicas a sus miembros, el concejal socialista don Juan José Meléndez manifiesta que la cantidad que le corresponde la destinará a *traer bailarinas*. No se especifica si se refiere a las de ballet clásico o a las folclóricas.

En fin, como expresiva síntesis de la proclividad de los diarios oficiales a los deslices destaquemos que en el *BOE* de nuestros pecados, de 9-II-85, se insertó una *corrección de errores* deslizada en el Real Decreto 2134/84. Las equivocaciones afectaban nada menos que a *veintisiete* apartados y algunas eran tan colosales como confundir 231 840 pesetas con 98 640, 3 970 276 con 5 602 576 y 993 con 1 378.

Para que nos fiemos de las Administraciones Públicas.

*

Está claro que la ley se publica primeramente en el *Boletín*. Después se glosa, analiza y comenta por sesudos juristas en libros, artículos, conferencias, simposios y congresos; para que, por último, sea aplicada por los jueces y confirmada o revocada esa su aplicación por los tribunales de superior rango. A lo largo de semejante trayecto, durante el que se aspira a clarificar la norma legal mediante cuidadas exégesis que disipen las dudas del ciudadano a quien va dirigida, lo que suele ocurrir es que las leyes se vuelven cada vez más confusas. Para remate, la definitiva interpretación del Tribunal Supremo culmina la perplejidad de los juristas y la incertidumbre en los llamados justiciables (los que andan metidos en el pleito). Pues el Tribunal

Supremo, dando elogiables muestras de las lícitas diferencias de criterio que pueden existir en el análisis y enjuiciamiento de pleitos parecidos (y hasta iguales) por distintos ponentes, dicta sobre ellos sentencias totalmente contradictorias.

Esta diversidad interpretativa, que tanto agradecemos los abogados ya que nos permite encontrar siempre apoyo en la jurisprudencia para nuestras opuestas tesis, se ha engrandecido con la reforma de la Administración de Justicia, consecuencia del troceamiento del país en diecisiete comunidades; lo que suele llamarse el Estado de las Autonomías. Cada una de ellas cuenta ahora con un Tribunal Superior de Justicia, que ha asumido muchas de las competencias que antes correspondían al ámbito nacional del Tribunal Supremo. Algunos de esos tribunales de las comunidades se desdoblan en dos, cuando aquéllas son de notable extensión demográfica; así, Andalucía y Castilla-León, por ejemplo. Pues bien; ocurre que, incluso dentro de una misma comunidad, sus dos organismos judiciales superiores mantienen criterios distintos en la interpretación de leyes comunes.

*

Si bien se considera, semejante problema no es nuevo, ni muchísimo menos. No parece existir discrepancia en admitir que la primera ley escrita de que hay memoria en la historia de la humanidad fue la recogida en el Decálogo que el Señor entregó a Moisés en el monte Sinaí en forma de tablas. Las conocidas, por eso mismo, como las Tablas de la Ley, primer código resumido en diez mandamientos, cuya vigencia se ha mantenido a lo largo de los siglos.

Pero con notables modificaciones en su interpretación e incluso en su redacción, como sucedió, sin ir más lejos, cuando en el Concilio Vaticano II se cambió la definición de determinados pecados; según nos explicaron, para mejor encajarlos en su espíritu original. Así, aquello de *no fornicar*, que tanto nos preocupó de jóvenes pues la palabra quedaba bastante rara. Buscábamos en el diccionario y resultaba que su significado era *tener ayuntamiento o cópula carnal fuera del matrimonio*. Con lo cual difícilmente, a los quince, dieciocho, veinte años, podíamos pecar contra el sexto. Menos todavía los solteros.

O sea, que han tenido razón los Padres del Concilio al ampliar sensiblemente el contenido del mandamiento, en el que ahora se nos conmina *a no cometer actos impuros*, que ahí sí que entra la más completa variedad de actividades eróticas. Quizás la enmienda se debiera a aquello que, según ciertos sagaces tratadistas del Antiguo Testamento, ocurrió cuando Moisés iba leyendo a su pueblo fiel el contenido de las Tablas de la Ley recién recibidas de Jehová. Tras cada uno de los mandamientos, el pueblo fiel aplaudía con entusiasmo. Hasta que llegó el sexto. El sexto fue acogido con tan sonoro abucheo que Moisés tuvo que alzar la mano con energía, exigiendo silencio, y una vez conseguido, aclaró:

—Sí, ésta es la ley. Pero tranquilizaos, que pronto elaboraremos su jurisprudencia.

*

A partir del Decálogo, primera ley escrita de que ha quedado constancia, según dijimos, la actividad legislativa en los pueblos primitivos se hace difícil de reconstruir por la escasez de vestigios encontrados. Consta que los turdetanos dictaban leyes en verso. ¡Qué admirable sentido del humor el suyo! ¡Y qué lástima que su ejemplo no lo hayan seguido los legisladores contemporáneos! Pues resultaría fácil de aprender una Ley Hipotecaria en endecasílabos y, desde luego, mucho más grato escuchar una sentencia de desahucio en alejandrinos que con la triste prosa judicial al uso.

Se custodia en Berlín una tabla de bronce en la que figura un contrato de hospitalidad celebrado el año 27 a. J.C., entre las *gentilitates* de desoncos y trivianos. Los expertos han llegado a la conclusión de que muchas de estas normas legales primitivas se inscribían en tablas metálicas; es decir, que, ya en sus principios, el Derecho resultaba muy pesado.

Mucho antes, allá por el año 2000 a. J.C., el Imperio de Babilonia plasmó su legislación fundamental en el Código de Hammurabi, que se aplicó en toda Asia y estuvo en vigor durante varios siglos. En él aparecen por vez primera preceptos que constituyen un auténtico Derecho Laboral: salarios mínimos, contrato de aprendizaje, vacaciones retribuidas de tres días por mes. Y eso sin necesidad de pasarse semanas y semanas discutiendo, como hicieron la CEOE, la CEPYME y los sindicatos para pactar la reforma del Estatuto de los Trabajadores.

Precedente legislativo más nefasto fue el Código

de Darío I, rey de los persas (del 521 al 486 a. J.C.), pues en él se regularon los tributos de los ciudadanos ricos de todo el imperio, que tenían que pagar sus impuestos en metales preciosos. Sin duda basándose en el Derecho Comparado, la actual Inspección de Hacienda acepta el pago de la deuda tributaria mediante obras de arte. Conclusión: nada hay nuevo bajo el sol, ni tampoco en el Derecho.

Especialmente desde que Roma se adueñó del mundo (del mundo de entonces, que era bastante más pequeño, todo hay que decirlo) y alumbró un Derecho que hoy continúa siendo base, sustento y sostén (o sujetador) de nuestras leyes civiles. Por mucho que unos mamarrachos ignaros del gobierno felipista pretendieran suprimirlo del programa de estudios de la facultad y casi lo consiguieran. Se hubiesen cargado la más luminosa doctrina jurídica jamás escrita; escrita, además, con una belleza y una claridad admirables.

*

No como ahora se escriben la mayoría de los documentos judiciales. Si a finales del XIX la obra legislativa de Silvela destacó por su estilo impecable, limpio, formalmente bello, la actual literatura jurídica es farragosa, ramplona, amazacotada y, en ocasiones, imposible de entender. Los párrafos son largos, profusos, sin puntos, sin apenas comas, de tal modo que el atento estudioso termina ahogado en su lectura. Por si algo faltara, abundan los vocablos espantosos, puestos de moda por tecnócratas y políticos cursis.

Bien es verdad que tampoco la terminología jurídica tradicional, recogida en los usos procesales, resulta decorosa. Antes al contrario, es maloliente, nauseabunda, incluso escatológica. Así, por ejemplo, a las declaraciones de los testigos se las llama, técnicamente, *deposición.* ¡Hombre, ya se sabe que bastantes testigos acuden muy asustados a los tribunales, pero de eso a suponer que *deponen* hay un buen trecho! Por si algo faltara, la prueba testifical constituye un trámite del procedimiento; y hete aquí que, también siguiendo la nomenclatura legal, los trámites se *evacuan.* De modo y manera que cuando un testigo efectúa su deposición, está evacuando. En cierto sentido, puramente lógico.

Tampoco queda demasiado fino eso de que a los litigantes en un proceso se los llame *las partes.* Con lo cual se provocan situaciones confusas que las buenas gentes poco versadas en la jerga judicial pueden interpretar equivocadamente. Por ejemplo, si oyen o leen que un juez *cita a las partes,* son capaces de imaginarse que es un mal hablado que fundamenta sus decisiones en el impulso testicular, tan celebrado por los celtíberos en general. Pues ¿qué opinarán si se enteran de que se acuerda *dar vista a las partes de las actuaciones*? Pura aberración sexual, se imaginarán los benditos.

¿Y lo de *absolver posiciones,* que es la enrevesada forma con la que quiere decirse que una de las partes (¡otra vez las partes!) contestará a las preguntas que se le formulen en confesión judicial? Ninguna de las cuatro acepciones que el *Diccionario de la RAE* reconoce al verbo tiene que ver con el sentido procesal del vocablo. En cambio, una de sus definiciones de *absolución* sí que se refiere al acto de responder el litigante a las posiciones: la octava acepción recoge su aplicación en juicio.

Pero, pensando de nuevo en la inocencia del ciudadano de a pie y en su natural ignorancia de la nomenclatura judicial, no debe extrañarnos que al comparecer ante su señoría para confesar, algunos comiencen haciendo la señal de la cruz. Otros entiendan que ya han ganado el juicio, puesto que se les llama para la *absolución*. Y no falten quienes, interpretando la palabra *posición* como *punto fortificado*, que es otra de las acepciones de la RAE, se atrincheran en sus respuestas, negando a cal y canto todo lo que se les pregunta.

Al respective, que decían los personajes de Arniches, es anécdota rigurosamente cierta, vivida por mí mismo y me imagino que por más de un compañero, la de aquel cliente a quien le aconsejamos que contestara a las posiciones, o sea, a las preguntas que se le hicieran, diciendo invariablemente que no eran ciertas. Comenzó el juez inquiriendo:

—¿Se llama usted Fulano de Tal?

Y sin apenas dejarle terminar, respondió el confesante:

—No es cierto.

También tiene sus pelendengues lo de *celebrar los juicios*. Según argumentaba aquél, a la salida de la sala:

—Pero ¿cómo queréis que os diga que *celebré* el juicio, si ha ido todo tan mal que lo que tengo que hacer es lamentarlo?

PERLAS DE LA LITERATURA JUDICIAL

Todavía se llamaban Magistraturas de Trabajo los actuales Juzgados de lo Social, y esta joya de la literatura judicial que vamos a transcribir apareció en una sentencia dictada por un tribunal laboral de Zaragoza, de fecha 17 de junio de 1981.

Cierta empresa impuso a un trabajador, que por cierto alternaba su labor en ella con el arbitraje futbolístico, una sanción de quince días de suspensión de empleo y sueldo. Según relataba la pertinente carta, durante una asamblea de trabajadores celebrada en el comedor, el sancionado se había dirigido al jefe de Personal diciéndole que *si tenía cojones para acudir a explicar* la plataforma de la Dirección a sus compañeros.

La sentencia desestimó la demanda del trabajador, confirmando por tanto la sanción. Y lo hizo tras analizar sabiamente el alcance injurioso de la alusión testicular. De esta forma:

En un país tan primario y visceral como el nuestro, en el que todos los atributos relativos a la virilidad gozan de una primacía popular sobre los relativos al intelecto, el poner en entredicho el valor de un hombre con una alusión expresa a aquellas glándulas consideradas secularmente como acervo mágico de las actitudes y reacciones gallardas, revela una paladina intención de descalificarle socialmente en la parcela de su identidad de mayor resonancia para su reputación personal.

Ahí queda eso. Y sin embargo, frente a consideraciones tan estrictas de las referencias a los órganos genitales masculinos, el Tribunal Supremo se ha mostrado últimamente muy tolerante respecto de las alusiones a una paternidad puesta en entredicho con descalificación de la virtud materna. Para que se entienda mejor, y pidiendo toda clase de perdones, quiero decir a la imputación, asimismo de frecuente uso en el país, de *hijo de puta*.

Pues reciente doctrina de nuestro más alto tribunal, tanto en materia penal como laboral, mantiene el bondadoso criterio de que no siempre y necesariamente semejante mención a posibles deslices de la progenitora puede ser tenida como injuria, ni siquiera como insulto que merezca punición.

Ya que, siempre al decir de la Sala, ha de tenerse en cuenta el *carácter coloquial* (sic) que muchas veces tiene el uso de dicha locución en las conversaciones habituales, por lo que debe considerarse de modo primordial *el tono y la intención* con que fue dicha. De modo y manera que, no constando probados los mismos, el mero hecho de llamar a otro *hijo de puta* no constituye en sí mismo causa de sanción.

De donde resulta que convendrá grabar en vídeo aquellas situaciones durante las que se produzca el intercambio de frases, para comprobar así, sobre el gesto, la crispación, la voz y la mirada del presunto ofensor, si éste, en realidad, le estaba diciendo cariñosamente a su contrario *¡pero qué listo y qué simpático eres, cacho de hijo de puta!*

*

Y a propósito de vídeos. Solicitado por una de las partes, previamente a la celebración de la vista del juicio ante un Juzgado de Instrucción de Toledo, el visionado de una cinta, que consideraba fundamental para mantener sus peticiones, fue dictada la siguiente providencia en 21 de febrero de 1992:

Dado que se ha admitido la reproducción de la cinta en el acto del juicio oral y careciendo el juzgado de los medios necesarios, se requiere a la parte *al objeto de que aporte al acto del juicio* el aparato reproductor.

Redacción que, notoriamente, vuelve a prestarse a sensibles y hasta obscenas interpretaciones, pues cabría pensar que las partes no concurrían en juicio con sus atributos en regla. Y que recuerda aquella celebrada intervención del entonces presidente del Congreso, señor Peces-Barba, quien dirigiéndose a uno de los diputados, cuyas palabras no se oían suficientemente por deficiencias del micrófono, le dijo:

—Su señoría tiene el aparato estropeado.

*

El Congreso o Parlamento ha sido escenario frecuente de equívocos y de curiosos juegos de palabras. Estaba en el uso de la palabra, en tiempos de la Segunda República, don José María Gil-Robles y otro diputado le interrumpió, diciéndole:

—Su Señoría es tan antiguo que todavía usa calzoncillos largos.

A lo que inmediatamente replicó el jefe de la CEDA:

—¡Qué indiscreta es la señora de su señoría!

O aquella vez en que don Ángel Ossorio y Gallardo consumía su turno, impugnando duramente el proyecto de ley del divorcio. El gran abogado tenía una voz profunda, solemne, y un estilo declamatorio florido y barroco que hacía más impresionante su severa crítica. En determinado momento, dando a su expresión majestuosos tonos dramáticos, preguntó:

—... y además, está el problema de los hijos. ¿Habéis pensado en los hijos? ¿Qué haremos con los hijos?

Se levantó el diputado independiente don Joaquín Pérez Madrigal, a quien se conocía como *el Jabalí* precisamente por sus mordaces intervenciones, y contestó al fogoso orador:

—De momento, al de Su Señoría ya le hemos hecho subsecretario...

Para terminar con el recordatorio del Parlamento republicano: era verano en Madrid, un verano agobiante de calor, y en aquel entonces el hemiciclo carecía de refrigeración. Presidía el Congreso don Julián Besteiro, uno de los políticos más íntegros de este siglo, socialista histórico y profesor de Lógica. Que, ante el espectáculo sudoroso de los miembros de la Cámara (que por entonces acudían siempre impecablemente vestidos, con corbata y todo), les manifestó:

—Los señores diputados pueden quitarse las chaquetas.

Para precisar, tras breve pausa:

—Me refiero a cada cual la suya.

También podemos interpretar la fina ironía de Besteiro como una anticipación profética de las aficiones a la rapiña que, medio siglo después, iban a manifestar sus sucesores en las siglas del PSOE (que no en su ejemplar ética).

*

Hecho octavo de los probados en una sentencia de la jurisdicción laboral:

8.º Que el señor E. hacía las labores de delegado, ya que su trabajo consistía en pasear la calle Real con una cartera bajo el brazo.

Admirable, como se ve, la deducción de Su Señoría, absolutamente cargada de lógica. Aunque un tanto generosa respecto de las funciones y actividades de los delegados, salvo que se trate de inspectores de aceras. Fundamental, eso sí, para la calificación profesional de los mismos, el uso y exhibición de cartera.

Otra declaración de hechos probados original,

en sentencia asimismo de la jurisdicción social, que resolvió una demanda en solicitud de que fuese declarado el trabajador afecto a lesiones permanentes no invalidantes por accidente de trabajo.

2.º El trabajador don F. A. L. nació el día 16 de junio de 1973, con la categoría de oficial de 3.ª y base reguladora diaria de 1 367 pesetas.

¡Para que nos quejemos después de la eficacia y prontitud de nuestra legislación social! A ver en qué país del mundo nacen los trabajadores con la correspondiente categoría laboral y un salario predeterminado.

*

La benevolencia actual de los tribunales respecto de prácticas amorosas que, en otros tiempos, fueron duramente reprimidas se pone de manifiesto en la sentencia de un Juzgado de lo Social de Madrid, de 7 de noviembre de 1985, que declaró improcedente el despido de una dependienta basado, según la empresa, en que, desde la fecha de su ingreso en la misma, todos los días se presentaba en el establecimiento quien decía ser su novio, por lo que desatendía a la clientela. Pero especialmente se le imputaba en la carta de despido que el 24 de julio, sobre las cinco de la tarde, estando el novio en la tienda, se puso a besarle en la boca delante de los clientes y, aunque se le llamó la atención, hizo caso omiso y siguió besándole.

Por si algo faltara, continuaba argumentando la empresa, desde dicho día, en varias ocasiones y con absoluto desparpajo y desvergüenza, le dijo a la dueña que si le daba envidia verla besándose con su novio. Los hechos probados recogieron que el 24 de julio, como el novio de la trabajadora tuviera que ausentarse de la ciudad, entró en el establecimiento y le dio a la joven un beso en la boca «de despedida» (entrecomillado en el original), sin juntar los cuerpos por estar separados por el mostrador.

Sobre esta relación fáctica, el juzgador entendía, en los fundamentos de Derecho de su fallo:

> 2. *No puede considerarse motivo suficiente de despido un beso entre novios con motivo de una transitoria despedida —lo que conlleva un deseo de mantener el sentimiento amoroso con un agradable recuerdo en los días de separación— pues no puede entenderse contrario a las buenas costumbres, que precisan la general aceptación, sino sólo a ciertos mojigatos criterios, siendo pues cuestión de ética particular, resultando indiferente que el beso hubiera sido en la boca —es lo usual— ni en público. La relatividad y subjetividad de cualquier criterio al respecto lo evidencia la práctica constante de besarse en la boca y en público, como saludo, los mandatarios de ciertos países, según se puede comprobar habitualmente en la información televisiva.*

En fin; que quizás no haya nada que oponer a la consideración del beso de despedida entre los novios como irrelevante a efectos de sanción, y más todavía de sanción de despido. Pero debemos suponer que cuando *los mandatarios de ciertos países* se osculean no lo hacen por mantener *el sentimiento amoroso*. Salvo que se trate, claro, de mandatarios *gays*, que tampoco faltan.

*

El beso como improcedente causa de despido me recuerda una anécdota que viví personalmente en las antiguas Magistraturas de Trabajo, sitas entonces en la madrileña calle de Martínez Campos. Actuaba como magistrado uno que lo fue excelente, ya fallecido, catalán y, sin embargo, con gran sentido del humor.

También a una trabajadora la habían sancionado por haber sido encontrada por el empresario besándose reiteradamente con su novio, en horas de trabajo, en la *boutique* de la que era única dependienta. La defensa de la chica basó su argumentación en que aquellos besos no podían interpretarse en absoluto como actitudes contrarias a la moral, ni mucho menos como muestra de descaro. Ocurría, sencillamente, decía el joven letrado, que su clienta era una mujer muy cariñosa, muy afectuosa.

Para demostrarlo comenzó el desfile de sus testigos. El portero de la casa donde vivía confirmó el carácter afabilísimo de la muchacha, que todas las mañanas le saludaba con un beso. Dos vecinos atestiguaron asimismo que, dado el talante cariñoso de la demandante, cuando se encontraban en la escalera siempre les colocaba un ósculo. El encargado de la perfumería donde compraba sus productos de belleza reconoció también que tenía la costumbre de besarle al despedirse.

Llegado este momento, su señoría, con su mejor acento del Ampurdán, objetó:

—*Mirin, mirin...* Pues aquí lleva ya un buen rato y todavía no ha intentado besarme...

*

Sucedió en Andalucía. Una señora de mediana edad, tras enviudar, profesó como monja en una congregación religiosa. Y demandó al INSS, que se retrasaba en reconocerle su correspondiente pensión de viudedad.

El juez de lo social a quien correspondió el asunto desestimó la demanda y declaró que la dama no podía considerarse viuda, ya que, *notoriamente* (el subrayado es mío), las monjas *están casadas con Dios*. El Tribunal Superior de Justicia revocó tan curiosa sentencia. Pero no me negarán que la tesis de su señoría tenía *musha grasia*, como dicen por allí.

*

Esta otra sentencia que voy a resumir fue tan celebrada que la revista *Otrosí*, boletín informativo del I. C. de Abogados de Madrid, la reprodujo en sus páginas. Ciertamente, se merecía semejante difusión entre los profesionales del Derecho, como comprobarán en seguida.

Pues se decía en sus fundamentos jurídicos (así intitulados, para mayor sarcasmo) que por la parte demandada se había alegado una excepción de *litis consortio* pasivo necesario, que planteaba un interesante problema procesal

que merece [voy a transcribir textualmente] *un desarrollo doctrinal que el suscribiente en tarde del sábado, tras siete u ocho sentencias en el cuerpo y con la familia bastante sulfurada ante el panorama de un fin de semana poniendo sentencias, se siente incapaz de realizar. Es por ello que procede su desestimación.*

El maestro Campmany diría: ¡Toma nísperos...!

*

Hechos probados: 1.º El actor, J. A. F. S., venía prestando sus servicios con tal antigüedad y tal salario, para la empresa R. S., dedicada a la elaboración y explotación de embutidos y demás productos cárnicos. 2.º Con ocasión de la muestra de dichos productos y concretamente de un jamón ibérico a los medios de comunicación y autoridades autonómicas, para la presentación de la denominación de origen del producto, dada su destreza en tal cometido [se refiere, aclaro, a la del trabajador] *fue requerido el pasado 4 de julio por el gerente de la empresa para que realizara el corte del jamón, requerimiento al que se negó alegando que bajo ningún concepto deseaba que su imagen fuese captada fotográficamente, negativa en la que persistió, pese a las órdenes que le fueron hecha* [sic] *expresa y reiteradamente.*

Resumo: se le despidió por entender que su actitud suponía una falta muy grave de indisciplina y desobediencia en el trabajo. Y el Juzgado de Badajoz (20-IX-89) declaró procedente el despido. Ya que

si bien es cierto y evidente el derecho de disposición de toda persona sobre su propia imagen, derecho que se reconoce en el art. 28 de la Constitución española, también lo es el que la contingencia de que accidental y accesoriamente pudiera recogerse su imagen por los medios de comunicación presentes en el acto, dada su naturaleza no constituye en modo alguno una intromisión en su vida privada ni mucho menos una vulneración de su intimidad personal que pudiera justificar su negativa a cumplir las órdenes del empresario.

Lo que llama la atención en este pleito es la modestia, el recato, el pudor del trabajador, tan renuente a que se divulgaran en los medios informativos sus habilidades en el corte del jamón. Sobre todo en estos tiempos que corren, cuando lo más normal es que las gentes se perezcan por aparecer en las revistas y, sobre todo, en la tele. Aunque sea haciendo el ridículo en «El semáforo» o contando sus más recónditas intimidades conyugales en tantos otros programas de abrumadora audiencia.

*

Atención a esta diligencia de un juzgado madrileño:

En Madrid, a treinta de enero de mil novecientos noventa. La extiendo yo, el Secretario, de conformidad con lo acordado en la anterior providencia de fecha 22 de los corrientes en relación con los autos número... seguidos a instancia de D... contra... sobre reclamación por despido, compuestos de 899 folios, para hacer constar que tras la entrega al letrado de la parte recurrente con fecha 20 de diciembre de 1989 para la formalización del recurso de Suplicación anunciado, dichos autos no se encuentran en la Secretaría de este Juzgado, significando que en la fecha de 29 de diciembre de 1989 (de presentación del escrito de formalización del recurso), el funcionario encargado de la tramitación de los recursos se encontraba de permiso (debidamente autorizado) por asuntos particulares (así como otros componentes de la plantilla por las festividades de Navidad y Fin de Año), reincorporándose el día 5 de enero siguiente y manifestando que en dicha fecha ya no tuvo constancia de la presencia de los autos mencionados en la Secretaría. Preguntado igualmente el personal de la limpieza, por una de sus componentes se manifiesta que por aquellas fechas recuerda que arrojó a la basura una bolsa de plástico conteniendo papeles que durante dos días estuvo depositada en el suelo, de todo lo cual paso a dar cuenta a S. S. Doy fe.

Como tantas veces dicen los políticos: sin comentarios.

*

Un trabajador a quien se le había reconocido una invalidez parcial permanente pide que se le convierta en absoluta. Mal debió salirle la prueba pericial médica, ya que en su sentencia el magistrado no sólo desestimaba la solicitud, sino que incluso apostillaba: *...y bastantes gracias debe dar a Dios de tener lo que tiene.*

*

Primer testigo de la demandante:

—¿Es cierto que utiliza un coche de la empresa?

—Sí, señor.

Segundo testigo:

—¿Es cierto que utiliza un coche de la empresa?

—Sí, señor.

Otros tres testigos contestan lo mismo a idéntica pregunta. Al sexto, una joven la mar de agraciada, se le interroga sobre otras cuestiones. Cuando termina de responder, el magistrado, que es andaluz y tiene buen humor, inquiere:

—¿Utiliza usted coche de la empresa?

—No, señor.

—Pues no sea tonta y pídalo; porque debe ser la única...

*

Brisca se llamaba una perra loba a quien su propietario, presidente del Gremio de Constructores de Lérida (que en 1985 todavía se llamaba así), tenía vigilando una obra en construcción. Cierta noche, un (presunto) individuo entró en ella con la (presunta) intención de robar las herramientas del trabajo, los ladrillos y lo que (presuntamente) se encontrase. La perra, en cumplimiento de su deber de guardián, se abalanzó sobre el (presunto) caco y le puso en fuga, después de rasgarle los pantalones (presuntos) y causarle varios arañazos en las piernas.

El bondadoso ciudadano, tan vilmente atacado por *Brisca,* se presentó muy indignado en el Juzgado de Guardia y denunció los hechos. Se entiende que no los referentes al (presunto) robo, sino los indiscutibles de la agresión canina que acababa de padecer. Tras las correspondientes actuaciones el juez de distrito condenó *al dueño de la perra* a pagar una multa de 2 000 pesetas, más 8 000, importe de un traje nuevo que la (presunta) víctima tuvo que comprarse, más 204 de dos vacunas que le fueron puestas, más 10 899 en concepto de tasas judiciales, más 884 de intereses. En total, 21 984 pesetas le costó al constructor la fidelidad del animalito a sus obligaciones.

Atención a la argumentación jurídica (?) de la sentencia condenatoria, basada fundamentalmente en la *imprudencia* del denunciado por no tener colocado en la obra un letrero que advirtiese *¡cuidado con el perro!*

De conformidad con tan avanzada doctrina, también debería haberla llenado de pasquines en los que dijera: *Se prohíbe robar.*

¡La verdad es que hay cada juez...!

¡AQUÉLLOS SÍ QUE ERAN JUECES!

Los hebreos, por un decir. Desde Moisés aplicaron la ley del talión, ojo por ojo, diente por diente, además de cuatro bonitas formas de ejecutar la llamada pena capital: estrangulación, fuego, apedreamiento y decapitación por espada. Las cuales tenían diversas variantes, como la de enrollar un lienzo en el cuello del condenado, del que tiraban con fuerza y en distintas direcciones los auxiliares del juez. Obviamente, el condenado abría la boca, y entonces se le arrojaba por ella plomo derretido. Una exquisitez.

Claro que en la Grecia clásica, el Derecho Penal todavía resultaba más fino. El Areópago administraba las leyes, reuniéndose al aire libre y siempre de noche, para evitar a sus magistrados las emociones que produce contemplar de cerca el dolor ajeno, aunque sea más que merecido. Se me ocurre que bastantes señorías de nuestro tiempo deben de redactar también sus sentencias con nocturnidad (en ciertos casos, además, con manifiesta alevosía), con objeto de no dejarse impresionar pensando en la faena que le están haciendo a cualquier desdichado.

En las ejecuciones griegas se utilizaban la espada, el lazo y el veneno. Este último tenía un elevado sentido aristocrático, era algo así como el máximo honor para el sentenciado: recuérdese a Sócrates bebiendo su cicuta. A los parricidas, en cambio, se les mataba a espadazos, su cadáver desnudo se arrojaba lejos de la ciudad y al otro día acudían los magistrados que le habían condenado y cada uno le tiraba un pedrusco a la cabeza. ¡Para que ahora digan algunos que el juez Garzón es muy severo!

Como estaba mal visto que las señoras les pusieran los cuernos a los maridos (no obstante tratarse de una civilización tan avanzada), la adúltera sorprendida in fraganti podía ser ejecutada por su propio esposo. Sin embargo, la ley (aquí sí que demuestra su progresismo) concedía al cónyuge afrentado la posibilidad de elegir entre matar a la infiel o venderla como esclava. Generalmente, esta segunda opción era la preferida, pues por aquellas calendas aún no se conocían, evidentemente, las teorías de don Pedro Calderón de la Barca sobre la materia.

Los magistrados romanos, que introdujeron la toga como vestimenta profesional, aunque blanca y sin vuelillos en las bocamangas (también llamados puñetas, con perdón), perfeccionaron con su tan alabada sabiduría jurídica la cosa de las penas. A los regicidas, por ejemplo, se les ataba a dos carros tirados por cuatro caballos, que salían al galope, como puede suponerse, en direcciones opuestas. Así fue descalabrado Mettius Suffetius, que en paz descanse.

En aquella sociedad absolutamente clasista, los patricios podían tener en sus palacios cárceles privadas, donde encerraban durante sesenta días a sus deudores, sujetos con una cadena de hierro que, eso sí, no podía pesar más de quince libras. Al cabo de ese tiempo eran muy dueños de escoger entre darles muerte o venderlos en el mercado de esclavos. De entonces digo yo que debe provenir la conocida alternativa *la bolsa o la vida*.

¿Y qué podía esperarse de quienes administraban justicia en unos pueblos que se llamaban bárbaros? Pues, por ejemplo, que lapidaran a los deudores contumaces y que arrancasen los cabellos por las bravas a los ladrones, ya que la larga cabellera era en Germania signo de nobleza y distinción. (Tomen nota Ronaldo, Iván de la Peña y demás pelados de nuestro fútbol.) En fin, que los bárbaros lo eran tanto, que condenaban a muerte a los hombres afeminados (*gays* en la actualidad y *sarasas* en los crucigramas), pues los consideraban incursos en prácticas contra natura. Y es que aún faltaban muchos siglos para que se legislara sobre las *parejas de hecho*.

En 1156, Federico Barbarroja instituyó una nueva pena: la de la rueda. Consistente en quebrantar las coyunturas de brazos y piernas de los reos de asesinato por medio de unas ruedas de agudas puntas; después, el verdugo hacía girar la cabeza y los hombros y, al decir de Conrado Celtes, que se pone lírico para contar la salvajada, *el alma del infortunado era lanzada lejos de su morada*. También estaba cargado de poética intención el castigo para las solteras que quedaban encinta: se las enterraba vivas debajo del hielo, *para que en tan frío lecho se apagase el fuego de su concupiscencia.* Ahí queda eso.

*

Los señores jueces de la Edad Moderna ya eran otra cosa. Si exceptuamos a los de la Santa Inquisición, que por cierto comenzó a hacer de las suyas en Alemania y en Francia y en Italia mucho antes que en España, aunque los historiadores de la conocida conjura judeo-masónica-marxista sólo recuerden a Torquemada y sus esbirros. Como es notorio, a quienes pecaban gravemente contra la fe cristiana se les purificaba en la hoguera. En ella terminaron muchos herejes, ateos, sacrílegos, blasfemos y también magos y hechiceros. Mal porvenir hubiesen tenido en la época nuestro amigo Rappel, Aramis Fuster y las demás señoritas de la competencia que se anuncian en la tele junto a la bola de cristal.

Especialmente severos fueron en el siglo XVI los tribunales franceses, o sea, la *Court*. A monsieur Pierre Barrière, por atentar contra Enrique IV, le amputaron un brazo, le aherrojaron con tenazas candentes, le enrodaron vivo y, como fin de fiesta, le quemaron, arrojando sus cenizas al viento. En ciertos casos incluso se aplicaban suplicios simbólicos a los cadáveres de los ejecutados: a monsieur Nicolas l'Hote, tras ahogarle en el río Marne, le embalsamaron y sus restos fueron despedazados entre cuatro caballos (*chevaux* en el original).

Bien es cierto que también en Francia se inventó un sistema tenido por magnánimo, ya que despachaba con rapidez y esmero las ejecuciones capitales (de *caput,* cabeza). Su descubridor fue el doctor Guillotin, que, al decir del historiador del Derecho don Federico Melchor y Lamanette, era *un hombre de corazón generoso y un filántropo práctico.* A él se debe, sin embargo, el aparatito bautizado con su propio nombre, guillotina, estrenada en 1792 con un delincuente vulgar llamado Pelletier. Pero que alcanzó su máximo rendimiento durante la Revolución francesa, cuando Robespierre y sus gentes convirtieron en espectáculo público (y gratuito, además) su diaria utilización, para jolgorio de los *citoyens* adictos.

Puede decirse sin error que en aquellos años del Terror los franceses perdieron la cabeza. Sobre todo los aristócratas.

*

Suele presentarse a la Gran Bretaña como ejemplo de país de larga tradición democrática, y es verdad. Ocurre que, a pesar de eso, en el siglo XVIII y hasta en el XIX los severos magistrados con peluca blanca y rizada persiguieron con saña los delitos llamados *de felonía,* que presentaban nada menos que 160 variantes. Los felones, según las *laws* de la época (que ya se sabe que no están codificadas y se aplican por jurado), sólo podían ser absueltos o condenados a muerte; así, sin término medio. Hasta 1827, el delito de robo superior a doce peniques suponía la horca. A los reos de alta traición se les ejecutaba con hacha. A los salteadores de caminos se les cortaban las manos y las orejas. Y todo ello se celebraba en público, previa convocatoria de la campana de la cárcel y para ejemplarizar a *the people*.

Por cierto, que la pena de horca subsistió en Inglaterra hasta bien entrado el siglo XX, sin que por ello nadie pusiera en duda el talante liberal y el conocido *humour* de los británicos. A quienes, curiosamente, les parece una crueldad la afición celtíbera a las corridas de toros. *That is the question*.

*

Como todo aficionado a las películas del Oeste conoce sobradamente, allá por el siglo XVIII, e incluso en el XIX, los buscadores de oro, cazadores de búfalos, colonizadores y demás personajes habituales de los *westerns* aplicaban una justicia sumaria, impartida por jueces de dudosos conocimientos jurídicos y defendida por *sherifs*, esforzados, valerosos y guapísimos (Gary Cooper, Henry Fonda, John Wayne, etc.). Que hacían lo posible por evitar la práctica de la llamada *ley de Lynch*, de cuyo apellido se deriva el linchamiento o sistema radical de tomarse la justicia por su propia mano los exaltados vecinos del poblado.

Abraham Lincoln fue un sabio jurista, un defensor del Derecho de gentes y un magnífico presidente de Estados Unidos que consiguió acabar con la guerra de Secesión, también harto conocida por todos a través de las películas de John Ford. En premio a tanto mérito, y como suele ocurrir, fue asesinado por un fanático mientras presenciaba una función teatral. Pues bien; Lincoln aún tuvo tiempo de encarrilar la justicia en USA y terminar con el anterior desmadre.

Aunque mantuvo la pena de muerte, que todavía hoy se aplica en algunos estados. La fórmula para las ejecuciones ha ido evolucionando, desde la horca, la silla eléctrica y la cámara de gas, hasta las inyecciones letales. Lo que no quita para que llame la atención que a estas alturas del siglo XX y en el país tenido como ejemplo de madura democracia continúe vigente la pena capital. Por algo será, digo yo.

*

Nuestros tribunales, nuestros jueces no tienen que enfrentarse, afortunadamente, con el gravísimo conflicto de conciencia que supone tomar la decisión de enviar a una persona al otro mundo, por muchas atrocidades que haya cometido. Nuestros tribunales, nuestros jueces pueden así entregarse a la especulación jurídica, al estudio doctrinal, a la investigación jurisprudencial, que les permite después dictar resoluciones tan sabias como algunas que ya hemos recordado y como otras que contaremos más adelante.

En esta línea de avanzada jurisprudencia resulta inevitable, forzoso, ineludible, obligado y preciso referirse a la audaz teoría mantenida recientemente por el presidente del Tribunal Supremo y del Consejo General del Poder Judicial, don Javier Delgado, acerca de los distintos grados de gravedad en los insultos, según la situación o posición anatómica del insultador.

Recordarán que don Felipe González, en uno de esos arrebatos que le dan últimamente, llamó *descerebrados* a ciertos jueces y *canallas* a varios periodistas. Notoriamente, el ex presidente del gobierno anda cabreado, irascible y en continua crispación desde que prescindió del Guerra como portavoz de las ordinarieces y asumió personalmente las tareas de descalificación verbal de sus adversarios políticos. Pasaron para él los tiempos dulces en que decía las cosas *zin acritú*; ahora se nos muestra muy proclive al insulto y a la procacidad. Los nervios, claro.

Pues bien; cuando algunas personas opinaron que las frases del señor González podían constituir un delito o, por lo menos, una falta, ya que entrañaban (presuntamente) un ánimo de injuria, un (presunto) desacato y, en todo caso, una manifiesta (y no menos presunta) falta de educación, su señoría don Javier Delgado nos iluminó, precisando que no cabía pretender que hubiese gravedad específica en las palabras (presuntamente) afrentosas de don Felipe, *ya que cuando las dijo estaba de pie*.

En el mundo del Derecho, tan luminosa declaración produjo un impacto ciertamente considerable. Tratadistas de la Unión Europea, juristas eminentes de todo el universo están dedicando profundos estudios al criterio analítico del presidente del Tribunal Supremo, que ha ido mucho más allá que Jiménez de Asúa, que Cuello Calón, que Ferrara, que Lombroso, que Stampa Braun, que todos los grandes penalistas de la historia, en su matización de la trascendencia de unas frases al graduar metafísicamente el alcance de una (presunta) injuria según se pronuncie en posición sedente o erguida, sentado o enderezado, en reposo o erecto, a mayor o menor altura.

De modo que si ya en un anterior capítulo me referí al criterio de la más reciente jurisprudencia según el cual decirle a cualquier persona, civil o militar, compañero de trabajo o jefe de personal, clérigo o seglar, varón o gay, que es un *hijo de puta* no constituye *per se* materia punible, ni siquiera en lo laboral, habrá que ampliar la consideración y, en lo sucesivo, tener muy en cuenta si, además del tono de voz y de la (presunta) intención, el dicente actúa de pie o sentado.

Y por supuesto, tengamos buen cuidado en separar las posaderas del asiento cuando queramos meternos con alguien. Así que los letrados, durante la vista de un juicio, nos pondremos respetuosamente de pie si nos apetece decirle al señor magistrado que es un descerebrado y un inepto y que no se entera de nada. Para sentarnos después y retomar con toda normalidad el hilo de nuestra sosegada argumentación jurídica.

Como, naturalmente, estoy escribiendo sentado, no osaré dar mi opinión acerca de la original teoría de don Javier Delgado.

DOS PRECIOSOS DOCUMENTOS

Transcribo a continuación dos muestras ejemplares de fina perspicacia jurídica, ambas fechadas en el primer tercio del siglo XIX.

Origen y descripción del preservativo

Hay un membrete que dice: TRIBUNAL DE CUENTAS DEL REINO. Debajo, en cuidada caligrafía, encabeza la Dirección Gl. de Rtas. – Aduanas. Y en seguida, el texto:

Excmo. Señor: En la bochornosa necesidad en que se ve esta Dirección de cumplir la Rl. Orden que V. E. le comunica con fecha de ante ayer [sic], *preguntando ¿Qué es el «condón»?, procurará hacerlo puntualmente en los términos más honestos que quepa. Esta palabra, «condón», es de origen italiano y término provincial de uno de los departamentos litorales del Reino de Nápoles, que vale tanto como* bolia; *consiste en una membrana muy sutil que forma el buche de cierto pescado que se cría en las costas del mar Adriático, preparada a la manera de las vitelas para diferentes usos, por ejemplo, para válvulas de máquinas neumáticas; para forros de frasquitos en donde se conserven gases; para obturar vasijas destinadas a preservar sustancias espirituosas del contacto del aire; y aun para otras aplicaciones médicas sobre la epidermis.*

Los meditativos ingleses, fecundos en recursos de todas clases, al observar el estrago que el mal venéreo hacía en las tripulaciones de sus buques y tropas destinadas a las posesiones o expediciones ultramarinas, hallaron el preservativo del acceso del virus al conductor natural, revistiéndolo con dicha membrana o tripas de algunos pescados y animales delicados; y como adenda tiene ya por objeto desahogar la lubricación sin riesgo de generación; de aquí el que el uso de tal invento llamado condón *sea mirado por los gobiernos morales como un objeto digno de proscripción, por su innoble trascendencia en ciertos sentidos; y aun los libertinos de la fatal época constitucional trataron de zaherir hasta el más vil extremo la recomendable reputación del mártir Vinuesa,*[1] *publicando que se le había encontrado una porción de camisas embreadas, bajo cuya voz paliaron la voz* condones, *que después procuraron vulgarizar.*

No es extraño que no la haya hallado V. E. en el Diccionario Castellano, pues además de ser una voz exótica, la Academia de la Lengua no puede contribuir a que se dé a este artículo más notoriedad de la que por desgracia tiene ya. Es combustible y digno de pulverizarse en cual-

1. Imagino que se refiere a Matías Vinuesa, conocido como el «cura de Tamajón», asesinado por los amotinados en Madrid en 1821. *(N. del a.)*

TRIBUNAL DE CUENTAS

DEL REINO

Dirección G.l de R.tas = Aduanas =

Excmo Señor = En la bochornosa necesidad en que se vé esta Dirección de cumplir la R.l órden que V.E. le comunica con fecha de ante ayer, preguntando ¿Que es "cordon"? procurará hacerlo puntualmente en los términos mas honestos que quepa = Esta palabra cordon es de origen Ytaliano y término provincial de uno de los departamentos litorales del Reino de Nápoles, que vale ~~tanto~~ como bolsa: Consiste en una membrana muy sutil que forma el buche de cierto pescado que se cria en las Costas del mar Adriático preparada á la manera de las vitelas para diferentes usos, p.r ejemplo, para valvulas de maquinas neumáticas; para forro de frasquitos en donde se conserven gases; para obliterar vasijas destinadas á precer *quier parte que se halle y por cualquier persona que conserve ideas de pudor. Cree la Dirección que con lo expuesto ha llenado todos los extremos que comprendía la precitada Real Orden.*

Dios [un signo que no se entiende]. *Madrid, 20 de nov. de 1824. – Francisco López de Alcaraz. – Excmo. Secret.º de Estado y del despacho de Hacienda.*

Lo que resulta curioso, aparte de la deliciosa redacción del comunicado, es que el problema se suscite dentro de la competencia del Ministerio de Hacienda y que las cultas explicaciones corran a cargo de un funcionario, sin duda distinguido, del Tribunal de Cuentas del Reino.

Doña Matilde Fernández lo tuvo mucho más fácil.

Práctica forense

Así se titula un opúsculo, escrito también a mano, en esta ocasión con una caligrafía bastante difícil, de forma vertical y fechado en Zaragoza el 18 de abril de 1837. Viene a ser un compendio de leyes procesales, escrito todo él en verso o, más bien, en ripios, de los que reproducimos algunos.

Obligaciones del escribano.
Extender sin abreviar
Ningún guarismo poner
Un protocolo tener
Sus derechos anotar

✝

Obligaciones del Escribano.

Extender sin abreviar;
Ningun guarismo poner;
Un protocolo tener;
Sus derechos anotar;
Papel sellado emplear;
No otorgar sin conocer.

Personas que no pueden ser abogados.

Ni el menor de 17;
Ni el ciego prodigo ó loco,
Ni el que ha sordera tampoco;
Ni el que á lidiar se entromete;
Ni el clerigo ni infamado.
Pueden aspirar á abogado.

Obligaciones del Abogado.

Alegar sin cita alguna;
Ver la pieza original;
No abogar quando formal;
Alguna ley lo repugna;
Pactar ganancia ninguna;

Papel sellado emplear
No otorgar sin conocer.

Personas que no pueden ser abogados.
Ni el menor de 17
Ni el ciego, pródigo o loco
Ni el que ha sordera tampoco
Ni el que a lidiar se entromete
Ni el clérigo ni infamado
Pueden aspirar a abogado.

Obligaciones del abogado.
Alegar sin cita alguna,
ver la pieza original,
no abogar quando [sic] *formal*
alguna ley le repugna.
Pactar ganancia ninguna;
no descubrir su secreto.
No abandonar el proyecto
que tuviese comenzado.
No abogar cuando es cuñado
ni hacer la parte contraria
de la persona primaria.
Y abogar de balde, en fin,
sin poner firma ruin.

Quiénes no pueden ser jueces.
El que no tenga la edad,
De veinte o de veintiséis.
El que loco o mudo veis,
sordo o ciego a la verdad.
Quien padezca enfermedad;
el frayle o muger [sic] *no en vano;*

y el clérigo en lo profano
y el hombre sin probidad.

*

Resulta, pues, que a principios del XIX ya los escribanos (o notarios) anotaban sus derechos; es decir, sus honorarios, en las escrituras. Pero, en cambio, a los letrados se les recomienda *abogar de balde*, y entre las causas de prohibición para el ejercicio está la de *lidiar*, o sea, dedicarse a los toros. Mis admirados Victoriano Valencia y Vicente Barrera, ambos licenciados en Derecho, no hubiesen podido, por tanto, vestir la toga allá por 1837.

A destacar el absoluto machismo imperante en la época: las mujeres (aunque fuesen con «g») no podían actuar como jueces ni como abogados ni como procuradores; si bien en el correspondiente ripio dedicado a las prohibiciones en esta especialidad se las excluye del ejercicio con piropo: *ni la que es de sexo hermoso*.

En todo caso y como siempre recuerda Cristinita Almeida, las leyes españolas arrastran una tradición antifemenina de siglos. En el código de las Siete Partidas se establecía literalmente *que los maridos usen de los bienes de sus mujeres e se acorran con ellos, cuando les sea menester, e otrosí, que gobiernen ellos a ellas e que les den aquello que les convenga*. Conviene precisar que el redactor de las *Partidas* fue el rey Alfonso X, aunque no faltan quienes discuten su autoría. Aquel monarca fue apodado *el Sabio*, y no me atrevo a suponer que justamente por sus ideas machistas.

En compensación a las cuales y para satisfacción de los colectivos feministas, destaquemos que las leyes de Manú permitían al marido golpear a la mujer cuando daba graves motivos para ello; pero solamente podía hacerlo con una rosa.

Imagino, sin embargo, que algunos procurarían darle con las espinas.

VOLVAMOS A LA ACTUALIDAD

El *Boletín Oficial* del Señorío de Vizcaya insertaba, el 12 de febrero de 1983 (según noticia de la Agencia EFE), la siguiente notificación:

Se cita a la central nuclear de Lemóniz para que comparezca en la sala de la audiencia de esta Magistratura de Trabajo número 1, al no haber podido ser emplazada personalmente, por hallarse en ignorado paradero.

Desgraciadamente, los terroristas sí que sabían encontrarla, y así terminó la central nuclear vasca.

*

Aunque parece, por las trazas, que en ciertas ocasiones se hace difícil localizar a los destinatarios de las resoluciones judiciales. Un juez de Ronda envió exhorto al decano de los Juzgados de Madrid (1984) solicitando la práctica de determinada diligencia que debía realizarse en el Ministerio de Obras Públicas. El exhorto fue devuelto sin cumplimentar por aducir el juzgado a quien correspondió tramitarlo que era *desconocida* la dirección del ministerio en cuestión.

En la secretaría no debían de tener guías de teléfonos.

*

Quienes aspiraban a concurrir a la convocatoria de concurso-oposición libre para cubrir en propiedad tres plazas de inspectores fiscales de la Consejería de Hacienda, se quedaron asombradísimos al comprobar en el cuadro de inutilidades relativas a la aptitud física para desempeñar tal empleo (*BO* de la Comunidad de Madrid, 19-XI-84), entre otras, las siguientes causas de ineptitud:

1. Obesidad manifiesta en la que el perímetro abdominal exceda en 15 centímetros al torácico. 2. Pecho en quilla marcado [?]. *3. Falta del dedo gordo del pie.*

¿Y por qué razón los obesos no podían aspirar a ser inspectores fiscales de la Comunidad de Madrid? ¿Quizás porque se suponía que en alguna ocasión tendrían que salir corriendo para evitar la agresión física de un contribuyente irascible? Más difícil de entender resulta que también fuera causa de incapacidad la falta del dedo gordo de un pie. ¿Qué influencia puede tener tan insignificante carencia física a la hora de levantar una acta de infracción? ¿Y por qué precisamente el dedo gordo y no cualquiera de los otros cuatro? No seamos mal pensados; pues de serlo, tendríamos que llegar a la conclusión de que los señores inspectores fiscales de la Comunidad madrileña escriben las actas con los pies.

*

Más de convocatorias. Con fecha 25 de febrero de 1982, el Excelentísimo Ayuntamiento de Santa Cruz de Tenerife publicaba en la prensa de la ciudad un anuncio para la contratación eventual de una plaza de *delincuente*-proyectista. Curiosamente, los aspirantes deberían adjuntar en el plazo de quince días, *en forma completa y fehaciente,* la relación de *los méritos que ostenten.*

Es decir, un certificado de antecedentes penales lo más voluminoso posible.

*

Es notorio el abuso que en los últimos tiempos viene haciéndose del adjetivo *presunto.* Nadie quiere mojarse y a todo ladrón, violador, homicida y delincuente en general se le antepone cautelarmente lo de *presunto.* Incluso (y sobre todo) a los etarras, aunque se proclamen miembros de la banda asesina a voz en grito y como a tales se los homenajee en sus pueblos de origen.

Pero hay veces en que resulta excesivo utilizar la presunción. En el diario *El País* (14-VIII-83) se escribía que, *con los dos jóvenes muertos ayer, son seis los PRESUNTOS FALLECIDOS en el presente año cuando manipulaban explosivos.* Más pintoresca todavía la redacción dada en el *BO* de Correos y Telecomunicación de 9 de julio de 1985 al acuerdo de conceder a título póstumo la Medalla de Oro del Mérito Postal a un funcionario *PRESUNTAMENTE ASESINADO* cuando se dirigía a iniciar su diario servicio.

Congruentemente, la medalla debió otorgarse a título *presuntamente* póstumo. Y en este caso, como en los de la anterior noticia, las autopsias que se efectuaron a las víctimas también tuvieron que ser *presuntas*. Porque de lo contrario no se entiende la *presunción* de fallecimiento.

*

Noticia de la Agencia EFE publicada en *Heraldo de Aragón* referente a la detención por funcionarios de la Policía Nacional de Zaragoza de un peligroso atracador, que huyó esposado del furgón donde se le conducía. Literalmente:

Los agentes hicieron varios disparos al aire, uno de los cuales afectó a un automóvil del ayuntamiento de la ciudad, en el que se había conducido [sic] *al teniente de alcalde Santiago Vallés, para extraerle una muela.*

Al margen de la original sintaxis de la noticia, lo que mayormente llama la atención es que los disparos hechos *al aire* por los policías, atinaran al coche municipal. ¿Es que los automóviles del ayuntamiento zaragozano pueden volar como los de James Bond?

*

Ante una de las antiguas Magistraturas de Trabajo de Madrid se veía un pleito por despido. Entre el público asistente se comentaba que la demandante, señora madura todavía de muy buen ver, mantenía relaciones íntimas con uno de los testigos citados; como hoy suele decirse, estaban *unidos sentimentalmente*. (En aquellos tiempos, peor hablados que los actuales, lo que se les achacaba era que andaban *liados*.)

Sabido es que a los testigos, antes de comenzar su declaración, se les formulan las preguntas llamadas *generales de la ley*: nombre, apellidos, domicilio, relación personal con las partes. También debía preguntárseles la edad, pero los jueces suelen omitirlo, especialmente tratándose de damas, para evitar el perjurio.

Cumpliendo semejante ritual, interrogó el magistrado al testigo (presunto) amante de la actora:

—¿Tiene usted amistad íntima con la señora Tal?

Y la señora Tal, muy indignada, protestó a gritos:

—¡De eso nada, señoría! Todo son habladurías de los vecinos, que me tienen manía.

*

Se estaba intentando la conciliación previa a todo juicio laboral. En estos casos se establece una especie de regateo: el actor pide cuarenta, el demandante ofrece veinte, el magistrado propone partir la diferencia. Ante la insistencia del letrado demandante en mantener la petición de determinada cantidad, el abogado de la otra parte reitera la imposibilidad de aceptar la suma y se justifica con cita latina:

—Lo lamento mucho, pero *nemo dat quod non habet.*

Respuesta del compañero:

—Perdón, no hablo inglés.

Yo estaba allí, conste.

*

Está declarando el procesado en la vista de un juicio penal. Cuando le pregunta el fiscal, contesta mirando al presidente de la sala, por lo que éste le advierte:

—Diríjase al Ministerio Fiscal.

El procesado da media vuelta y comienza a caminar hacia la puerta. Los guardias le interceptan el paso. El presidente se extraña.

—Oiga, ¿adónde va?

—Pues a buscar ese ministerio al que acaba usted de decirme que debo dirigirme.

*

No precisamente organismos ministeriales, sino multas, es lo que exigía el Ayuntamiento de Noya que buscasen sus guardias municipales, en un oficio-circular fechado el 1 de marzo de 1980. Véanlo:

Hay un membrete que dice: *Excmo. Ayuntamiento de Noya. Policía Municipal.* El escrito va dirigido a los *Sres. Guardias Municipales del Excmo. Ayuntamiento de Noya.* Y dice:

Tengo el honor de participar a todo el personal correspondiente a la Guardia Municipal de esta villa, lo que sigue: Que cada Guardia, durante sus horas de servicio que realice diariamente tendrá que presentar un mínimo de CINCO [en mayúsculas en el original] *sanciones cada día a su Jefe inmediato, sin que baje del citado tope de sanciones y además de ese tope, puede cada Guardia realizar y confeccionar todas las que sean observadas a su alcance, ya que es su obligación de denunciar cuantas infracciones sean observadas a su alcance.*

Lo que participo a Vds. para su conocimiento y efectos a que procedan; significándoles que no podrán bajar diariamente de las repetidas CINCO [otra vez mayúsculas en el original] *sanciones cada Guardia y servicio realizado.*

Dios guarde a Vds. muchos años.

El Cabo Jefe de la Policía Municipal.

[firma ilegible]

Pura delicia. Ya que no se sabe qué admirar más en la orden-circular, si su cuidada sintaxis y su esmerada redacción o su profundo sentido jurídico, que establece lo que pudiésemos denominar *sanción mínima interprofesional.*

*

Pero ni siquiera el Ayuntamiento de Madrid escapa del pintoresquismo. Hete aquí la *proposición* publicada en su *Boletín Oficial* de fecha 30 de noviembre de 1978:

67. Aprobar una (proposición) del Delegado de Saneamiento y Medio Ambiente, interesando autorizar a dos operarios-regadores del Departamento de Limpiezas para que se trasladen a Río de Janeiro (Brasil) al objeto de enseñar en dicha ciudad la práctica del manejo de la manga, *siendo cargo el importe de los gastos que se ocasionen, 154 000 pesetas, a la partida que determina Intervención.*

Sigue la fuga de cerebros...

*

Las anécdotas protagonizadas por testigos falsarios, asustadizos o simplemente lerdos son, como estamos viendo, inacabables. Así la de aquel pobre hombre, de cortas luces y ninguna cultura, que temblaba ante su señoría como dicen que temblaban los flanes cuando se hacían con yemas de huevo. Se le formula la pregunta de ritual:

—¿Jura o promete decir verdad a lo que se le pregunte?

El atribulado no contesta. Insiste el juez:

—¡Que si jura o promete decir verdad!

Tartamudeando, replica el testigo:

—¡Yo qué sé!

—Vamos a ver, atienda. —Su señoría le habla con afabilidad, casi con mimo—. Le digo que si jura o promete decir verdad a las preguntas que van a hacerle.

—¿Y qué quiere decir eso?

—Pues que tiene que contestar una cosa u otra, ¿me entiende?

—Ahora sí.

Y responde, muy serio:

—Una cosa u otra.

*

Antes de comenzar la vista, pregunta el magistrado al demandado:

—¿Cuántos trabajadores tiene a su servicio?

—Dos, señoría.

—Pues vaya porquería de empresa.

*

El testigo era un gitano, dicho sea con todos los respetos, que declaraba como testigo en una vista por lesiones.

Pregunta el juez:

—¿Es cierto que la víctima fue apuñalada en una reyerta?

—Exactamente en la reyerta, no: un poco más arriba. Entre el ombligo y la reyerta.

*

Un anciano de ochenta años solicita el divorcio de su mujer, de setenta, con la que está a punto de celebrar las bodas de oro.

—¡Pero hombre de Dios, después de tanto tiempo casado! —se extraña el juez de familia, que intenta disuadir al vejete de su decisión—. ¿Cómo se le ocurre, a estas alturas?

—Pues verá, señor juez: que el médico me ha recomendado que no practique el acto sexual, usted ya me entiende, más de una vez al mes.

—¿Y bien?

—Que encima *ésta* quiere que lo haga con ella.

Ésta era la esposa, claro.

*

El 30 de junio de 1990, el diario *El Sol* publicó la noticia de que un letrado había interpuesto denuncia ante el Consejo General del Poder Judicial contra un juez *por darme un corte de mangas, dejando el puño cerrado, menos el dedo corazón, y todo ello lo hizo mirando al público.*

Entonces, quizás los ofendidos deberían ser los espectadores.

*

Se trataba de declarar o no la incapacidad legal de un presunto chiflado. Su abogado, en una actuación verdaderamente admirable, consiguió que el juzgado considerase que el buen hombre estaba en sus cabales.

Reconocida legalmente la plenitud mental, el agradecido cliente remitió a su abogado un bonito pergamino en el que, como nuncio que declaraba ser de Su Santidad el papa, le nombraba arzobispo de Sión.

*

El juicio oral había sido muy largo. Dado lo avanzado de la hora, el presidente de la sala rogó a las partes la mayor brevedad en sus informes para conclusiones.

Dijo el fiscal:

—Para suplicar justicia.

Dijo la defensa:

—Amén.

*

Y ahora, uno de los recuerdos más divertidos que guardo, tras mis 47 años de ejercicio profesional. Fui testigo de los hechos, aunque no intervenía en aquel juicio laboral. Pero me interesaba el asunto y presencié su desarrollo, sentado junto al compañero que asistía a la parte actora.

La demandada había sido, bastantes años atrás, vedette de mucho éxito, famosa por su belleza, sus amores y su fogoso temperamento. Ya en el declive de su carrera artística, tuvo la desdichada idea de convertirse en empresaria de su propia compañía; la experiencia terminó en desastre económico. Y los artistas y empleados la llevaron a la Magistratura, reclamándole los muchos sueldos que les debía.

Como prescribe la ley, se intentó previamente la conciliación ante Su Señoría. Los demandantes se mostraban generosos: ofrecían rebajar sus créditos e incluso daban facilidades de pago. Pero la empresaria-vedette estaba cerrada a cualquier transacción y repetía como un sonsonete a todas las propuestas que se le hacían:

—No puedo pagar nada porque no tengo un duro.

Una y otra vez intervenía el magistrado, estupenda persona, gran jurista y, como se verá, en posesión de un magnífico sentido del humor:

—Piense que el asunto está muy claro; usted no niega las deudas...

—Claro que no. Pero no tengo un duro.

—Tendré que condenarla en sentencia a bastante más de lo que ahora le están pidiendo en conciliación.

—Me da igual. No tengo un duro.

—Pero esa sentencia se ejecutará y le embargarán sus bienes.

—¿Qué bienes? Ya le digo que no tengo un duro.

—Algo tendrá, señora; nadie es totalmente insolvente.

—Que le digo que no tengo un duro.

—Bien —se resignó Su Señoría—. Pues entremos en juicio; pero piénselo por última vez, porque el embargo resultará inevitable.

Y entonces, con todo desparpajo, la demandada comentó:

—Mire, a mí, como no me embarguen el coño...

Hubo el natural murmullo de asombro entre quienes asistíamos al diálogo. El magistrado pasó la mano por su frente, esbozó una sonrisa y dijo, a media voz:

—Quizás se pueda... Y hasta ponerle un contador.

... Y MÁS VERÍDICOS Y JUDICIALES ACAECIMIENTOS

Dieron en llamarle el *sumario del seductor*. Y no era para menos. El procesado, que acabaría condenado, andaba próximo a la cincuentena, aunque su aspecto físico no lo aparentase. Alto, de ojos garzos, pelo abundante, negro, con ondas bien marcadas; cintura de novillero, 1,85 de talla, las manos finas, perfectamente cuidadas. En el anular, una sortija con nobiliario escudo. Impecable en el vestir, insaciable en el amor, como veremos en seguida. Y sobre todo una parla brillante, una espléndida capacidad dialéctica, una voz sugestiva, al servicio de una imaginación desbordante. Pudo ser un político de gran carisma, pero a la sazón (estos auténticos hechos sucedían en los comienzos de los años setenta) la democracia aún no había llegado y se engañaba a los ciudadanos mediante fórmulas distintas a las hoy utilizadas por los candidatos a diputados.

Le llamaremos Pepe Rigat para no dar pistas. Pepe no tenía profesión conocida, según resultó de las actuaciones sumariales, pero presumía de los más originales oficios. También de poseer fincas en

Extremadura, aunque de escasos rendimientos por la exigüidad de sus rentas. Vivía en una *pensión familiar*; tan familiar para él, que andaba amancebado con su dueña y patrona, digamos doña Eulalia, para seguir identificándola. Era viuda, cincuentona y aún de muy buena calidad en sus carnes prietas y sus afanes eróticos. Obviamente, Pepe gozaba de plena gratuidad en su alojamiento, buena comida y lavado de ropa, como justa compensación a sus constantes atenciones íntimas con la patrona.

La patrona, doña Eulalia, o sea, tenía una hija, Lolita, de veinte años, esbelta, muy bella, de larga pierna y chiquitos aunque turgentes pechos. Sin el menor respeto al techo cuasi conyugal, Pepe la hizo objeto de sus requiebros, sus endechas, sus acosos y sus lúbricas proposiciones, y la moza, que sin duda había heredado de su madre la fogosidad intrauterina, se dejó querer primero y acabó cayendo, sin demasiada resistencia, en los musculosos brazos del maduro huésped. Era consciente de la relación que éste mantenía con su progenitora, pero, según declararía en el sumario, no fue capaz de evitar que en su corazón se encendiese un arrebatado amor hacia él.

Al tiempo que hacía las delicias de madre e hija, Pepe ejercía como amante oficial de una distinguida dama de la sociedad madrileña separada de su legítimo esposo, propietario éste de un próspero negocio de electrodomésticos, que a pesar de no convivir con Laura (llamémosla así) atendía con generosidad sin tasa sus gastos mensuales. De tan munificiente dotación se beneficiaba en buena parte nuestro Pepe, a quien vestía, ornaba y mimaba la buena señora, ya por los cincuenta de edad, aunque igualmente en excelente estado de conservación.

No contento con sus tres romances (así se les llama ahora), Pepe había estrechado una amistad, asimismo íntima, es decir, de frecuentes coitos, con una ciudadana francesa, ésta treintañera, rubia explosiva, de extracción social desconocida, ella decía que procedente de una familia noble del Midi. Sin importarle demasiado su árbol genealógico, Pepe se beneficiaba a la *mademoiselle* (pues Jacqueline aseguraba ser soltera) y, en agradecimiento a sus carnales atenciones, ella, entre otros detalles, le permitía el uso y disfrute de un Jaguar descapotable que el vil amante aprovechaba para deslumbrar a las demás mujeres de su colección.

Así de ocupado estaba ya el corazón de Pepe (el corazón y otros órganos, se entiende) cuando apareció Enriqueta. La conoció en una cafetería; quiso el destino que la pobre chica se sentara junto a él en la barra y, como tenía la voz chillona, el taimado pudo enterarse de todo cuanto le estaba contando a la amiga que la acompañaba. Interesante conversación: Enriqueta pedía consejo acerca del mejor modo de invertir un millón y pico de pesetas que tenía ahorradas. Ni que decir tiene que Pepe, siempre sentimental, comprendió en seguida que se le ofrecía un interesante campo donde desarrollar su capacidad de seducción.

Digamos ya que Enriqueta pasaba de los cincuenta, era absolutamente fea, tenía un cuerpo desgarbado, mal hecho, sin pizca de atractivo y, por si algo faltara, era calva, sin que unas horrendas pelucas disimularan del todo su alopecia. Soltera, por supuesto, y algo más: virgen. Resultó, por si algo faltase, rematadamente tonta. Pero hay que comprender su reacción cuando aquel caballero de tan buena pinta, que a su lado estaba tomándose una Coca-Cola, le dedicó una sonrisa fascinante, elogió sus ojos negros (lo único pasable del anguloso rostro) y, con mucho miramiento y gran educación, se permitió inmiscuirse en la conversación ya que, como agente de cambio y bolsa, que dijo ser, podía orientarla hacia la mayor rentabilidad de sus ahorros.

Se citaron al siguiente día en otro café y, dando de lado el tema mercantil, Pepe le confesó la tristeza de su soledad desde que años atrás una novia muy querida se le había muerto de pulmonía, justo seis días antes del señalado para su boda. Como Enriqueta era, asimismo, un corazón solitario, congeniaron con rapidez. Contó él que vivía en su misma oficina, sin ninguna comodidad, pues ya se sabe los problemas que encuentra un hombre sin familia (hijo único, sus padres fallecieron tiempo atrás) ni perrito que le ladre. Ella también se sinceró: sin más parientes que unos primos, reacia a vivir en soledad por los muchos peligros que eso encerraba en tiempos tan dados al pecado como los que corrían, expuesta a la codicia lúbrica de cualquier desalmado, había aceptado alojarse en casa de esos parientes. Pero, claro, se sentía incómoda, a pesar de lo mucho que la querían.

Se repitieron las citas, en bastantes ocasiones en la parroquia de la que Enriqueta era feligresa, y valoró ella con alta estima la piedad y el fervor de Pepe, que seguía la misa con cristiana devoción. Cada día más interesada por el atractivo caballero, es lógico que recibiese con gozo su petición de noviazgo formal. Más todavía cuando, dando una prueba más de sus rectas intenciones, le manifestó su deseo de transmitir sus nobles sentimientos a sus primos, a quienes, como únicos parientes de su amada, consideraba que correspondía la honrosa facultad de concederle su linda mano.

Y una mañana luminosa de primavera, Pepe apareció en casa de los primos de su novia con un gigantesco ramo de claveles rojos, símbolo del amor, según precisó, para formalizar su noviazgo, y aquellas buenas gentes se llevaron un alegrón, ya que consideraban causa perdida la contumaz soltería de Enriqueta. Hicieron buenas migas con el pretendiente, tan serio, tan educado, tan culto, y escucharon (y se creyeron) que ahora se disponía a abordar un negocio original, en verdad lleno de posibilidades. Pues Pepe había conseguido una autorización de la Dirección de Prisiones (que les enseñó, claro; falsificada, obvio) mediante la cual podía utilizar a los reclusos de Carabanchel como trabajadores en la fabricación de juguetería varia. Los salarios serían mínimos, se ahorraba la seguridad social y, en consecuencia, los beneficios tenían que resultar colosales.

Días más tarde, mientras visitaban casas de muebles y pisos en alquiler, porque Pepe no quería demorar el desposorio más de lo indispensable, Enriqueta recogió con sagacidad una leve insinuación de su amado y puso a su disposición el millón largo de sus ahorros para que lo invirtiera en acciones de la sociedad que se disponía a constituir. Más todavía; cuando su primo lo supo, rogó encarecidamente a su próximo pariente político que le permitiese también aportar una cantidad parecida en el negocio. Por tratarse de ellos, ya familia como aquel que dice, Pepe aceptó la oferta, a pesar de que su idea inicial había sido emprender la aventura comercial con sus solos medios.

Tomó, pues, los dineros, facilitó los oportunos recibos, *pues nada tiene que ver lo mercantil con los sentimientos*, según manifestó a su novia y a su primo, cada vez más encandilados ante tan repetidas muestras de honradez, y se despidió hasta la siguiente mañana. Pero a la siguiente mañana no apareció, ni en toda la semana ni en muchos más días. Lloraba Enriqueta, se mosqueaba crecientemente su buen primo y, por fin, decidieron investigar. Sólo entonces cayeron en la cuenta de que ignoraban cuál era el domicilio del falaz pretendiente; aunque sabían la tasca en la que, con cierta frecuencia, solía almorzar en solitario.

El dueño de la tasca, en efecto, le conocía, pues era tan buen cliente y hasta sincero amigo que le había ofrecido entrar a formar parte de un negocio muy inteligente que iba a emprender y al cual aportó el mesonero cuarenta mil duros. La coincidencia mercantil aumentó los recelos del primo de Enriqueta, más todavía cuando el ventero le comentó, con cierta extrañeza, que hacía más de quince días que no había vuelto a ver a Pepe. Sin duda, pensaba, porque andaría muy atareado con la constitución de la sociedad.

Acortando. Se presentó la denuncia en la comisaría, fue localizado el individuo, cuyos antecedentes penales no tenían desperdicio, se le detuvo, y la desdichada Enriqueta presentó querella contra él por estafa, a la que en seguida se adhirió el dueño de la tasca. Y más tarde, doña Eulalia, la patrona de la pensión, de la que también había desaparecido tras sacarle veinte mil y pico duros para el negocio. Y doña Laura, la separada, que, dada su posición, había colocado más de dos millones en la presunta sociedad. Y Jacqueline, que sólo aportó cien mil pesetas pero en su equivalente en francos franceses. La única librada del expolio era la joven Lolita; claro que por su evidente insolvencia.

Lo de menos, con todo, fue el daño económico. Lo terrible fue que, en ocasión del sumario instruido, las mujeres tuvieron conocimiento de la múltiple infidelidad de Pepe con todas ellas, como también de que habían coexistido en sus romances sin enterarse. No obstante, sus declaraciones ante el juez instructor fueron sorprendentes. Pues dijo Eulalia, la dueña de la pensión:

—Lo que me parece más feo es que me engañase con mi hija. Pero comprendo que la chica es muy mona y Pepe muy atractivo. Me ha hecho tan feliz, a pesar de todo, que, si me pide perdón, renuncio a exigirle nada.

Y doña Laura, la ricachona:

—Es un canalla, vaya si lo es; pero debo reconocer que en la intimidad resulta adorable. Y como no tiene un duro ¿para qué continuar reclamándole nada? O sea, que también me aparto de la querella.

Y Jacqueline:

—¡Ya me extrañaba a mí que un hombre tan macho, tan buen amante, no tuviese algún defecto! Mire, señor juez, lo doy por olvidado todo.

Y Lolita:

—¡Claro que sabía que estaba enredado con mamá! ¡Pero es tan cariñoso...!

Cuando le llegó el turno de declarar a la pobre Enriqueta, sufrió un ataque de nervios y fue necesario darle un sedante para tranquilizarla. Recuperado el dominio de sí misma, dijo con voz firme:

—Nunca pude imaginar que tras su apariencia de caballero español de otros tiempos se ocultase semejante monstruo. —Hizo una larga pausa—. Aunque, como cristiana que soy, tengo el deber de perdonarle. Eso sí: siempre que cumpla la palabra que me dio de casarse conmigo.

Pasaron algunos días desde estas declaraciones sumariales. El juez instructor pidió que compareciese de nuevo el procesado para que ampliara su versión sobre los hechos que se le imputaban. Siempre correcto, impecable, sin alzar la voz, con absoluta normalidad, Pepe los reconoció, pidiendo que constara expresamente su agradecimiento a aquellas mujeres que tan generosamente se habían portado con él, como también su infinito bochorno por haberlas engañado, impelido por un estado de necesidad absoluto.

Firmó la declaración, se retiró el oficial que la había transcrito y nos quedamos en el despacho de Su Señoría los abogados de la acusación particular y el procesado. El juez se levantó, salió de detrás de la mesa y, acercándose a Pepe, le dijo:

—Vamos a ver, se trata de una simple curiosidad y, por supuesto, al margen del procedimiento. Es decir, que si no quiere no me conteste. Pero no puedo por menos que preguntarle: usted ¿qué les da?

Bajó los ojos Pepe, en un gesto de sublime humildad, y contestó sin la menor vacilación:

—Ternurita, Señoría. Mucha ternurita...

Quizás algún día me decida a convertir en novela esta verídica, a la vez que apasionante historia.

*

Don Luciano era catedrático de Derecho Romano, al tiempo que magnífico abogado. La ciudad, una de Castilla, pequeña, entrañable, donde puede decirse que todos se conocían. Aquella tarde, la secretaria de don Luciano le anunció la visita de la viuda de Martín Posadas, distinguida dama de muy buena posición. Nunca había tenido problemas legales, pero sin duda —pensó el letrado— la consulta podía resultar interesante. Algo había oído en el casino de ciertas divergencias de la señora con unos parientes que se creían con derecho a participar de la herencia del difunto don Emeterio. Así que extremó su afabilidad con la presunta clienta.

—Veamos, veamos. ¿Qué la trae por aquí?

—Un problema muy gordo que sólo usted me puede resolver, don Luciano.

—Al menos lo intentaré. ¿Es acaso algo relacionado con la herencia de su marido, que en gloria esté?

—No, no; nada de eso.

—¿Quizás alguna discusión con los inquilinos de su casa de la calle Mayor?

—Tampoco, tampoco. ¡Ojalá fuera sólo eso!

—Entonces, usted me dirá.

—Óigame, don Luciano. Usted es catedrático de Romano, según me han dicho.

—Efectivamente. Desde hace doce años ejerzo la docencia en esa hermosa especialidad.

—Entonces sabrá todo lo que hay que saber sobre los romanos...

—Todo, todo... En fin; digamos que bastante.

—Es que tengo un problema muy gordo. Mi hijo único, ya le conoce, Eduardito, que tiene ahora diecisiete años, va a salir como centurión en la procesión de Semana Santa. Y resulta que nadie sabe explicarme cómo era el uniforme de esa gente. Usted, con su cultura romana, ¿no podría dibujármelo?

*

Don Eugenio Montero Ríos, nacido en Santiago de Compostela, fue uno de los más ilustres políticos del siglo XIX. Varias veces ministro de Gracia y Justicia, presidente del Consejo de Ministros, presidió asimismo la comisión que en 1898 firmó el tratado de paz con Estados Unidos, que supuso la pérdida definitiva de las colonias españolas. Jurista de gran categoría, autor de una importante bibliografía sobre temas de Derecho, se entregó exclusivamente al ejercicio profesional en sus últimos años (falleció en 1914).

En cierta ocasión, allá en su Galicia, recibió la visita de un paisano, tan corto de cultura como sobrado de luces naturales, que le planteó su consulta legal.

—Mire, don Eugenio. Yo es que tengo una tierriña, nada, apenas me da para ir malviviendo, pero ahora me encuentro preocupado con lo del vecino.

—¿Pues qué le pasa a su vecino?

—Es el dueño del pazo de al lado... *Colidante* creo que se llama, y usted dispense la manera de señalar.

—Si ese pazo linda con su terreno, en efecto, será lo que decimos en Derecho colindante.

—Bueno, lo que sucede es que el *colidante* ese plantó unos eucaliptos y otros árboles mismamente a lo largo de la *colidancia,* o séase, justo donde digamos que se juntan los dos campos, el suyo y el mío.

—¿Y bien?

—Que las raíces se me han metido en mis tierras, oiga, y me fastidian toda la cosecha de ese lado y, por si algo faltara, las copas dan un sombrajo que no permite crecer lo sembrado. Y yo es que me digo: ¿tiene derecho el señor *colidante* a hacerme esa ruina?

—Ningún derecho. Usted sí que lo tiene para exigir que no invada la parcela de su propiedad, llegando, incluso, a poder solicitar legalmente que arranque los árboles causantes del perjuicio si no existe otra manera de evitarlo.

—Pues me da usted un alegrón, don Eugenio. Pero es que, ¿sabe?, además el señor *colidante* creo que tiene muchas influencias, usted ya me entiende, o sea, que quién sabe si luego, en el juzgado...

—¡Por favor! La ley no conoce favoritismos; sea quien sea su vecino, si se puede demostrar ese daño que usted aduce, quédese tranquilo, que la sentencia le dará la razón.

—¿Está usted seguro?

—El Derecho no es una ciencia exacta; pero bien puedo decirle que tendríamos un elevado porcentaje a favor de ganar el pleito, si es que llega a plantearse.

—¡Y luego, lo que celebro eso que me está diciendo! Óigame, don Eugenio, ¿y no podría ponérmelo por escrito? Lo que llaman un *ditamen* o algo así...

—Naturalmente que sí. Venga mañana a esta misma hora y lo tendrá listo.

Al día siguiente, a la misma hora.

—No he creído necesario extenderme —explica Montero Ríos al cliente campesino— porque el asunto está suficientemente claro. Léalo.

El cliente campesino lee con dificultad el dictamen del ilustre letrado. Y comenta:

—Está claro, vaya que está claro. Pues se lo agradezco mucho. ¿Qué le debo, don Eugenio?

—La secretaria le dirá…

Sale, abona la minuta y, al momento, regresa al despacho del abogado.

—¿Alguna duda? —pregunta éste.

—No, no es eso, don Eugenio. Verá, es que no le dije que mi vecino es usted, como dueño del pazo *colidante*, se dice así, ¿verdad? O sea, que supongo que no tendrá inconveniente en arrancar sus árboles, si no existe otro remedio, como muy bien explica aquí, en su *ditamen*...

La retranca gallega, que suele decirse...

VISTO Y OÍDO

Así se titulaba la sección que, hace más de treinta años, escribían en el entonces llamado *Boletín del Ilustre Colegio de Abogados de Madrid* dos compañeros inolvidables: Narciso Fernández Boixader y Nicolás González-Deleito. Doy por supuesta su venia, ya que, por desgracia, no pueden concedérmela expresamente, para reproducir algunas de las estupendas anécdotas que nos contaron.

*

Pregunta el presidente de la Sección de lo Criminal al reo:

—¿Ha estado procesado alguna vez?

—Sí, señor.

—¿Por qué delito?

—Auxilio a la rebelión.

—¿Qué pena le impusieron?

—Pena de muerte.

—¿Cumplió usted la pena?

*

Un delincuente habitual, procesado en innumerables ocasiones por hurtos y robos continuados, comparece por enésima vez en la comisaría acusado de lo de siempre. El funcionario le hace las preguntas de ritual, nombre, apellidos, naturaleza, domicilio. Y por pura fórmula:

—¿Profesión?

—Registrador de la propiedad.

—¿Cómo dice?

—Lo que está oyendo: registrador de la propiedad. ¡Si viera usted los registros tan minuciosos que llevo a cabo en los domicilios que visito!

*

Terminada una diligencia llevada a cabo en la secretaría de un juzgado, el declarante, persona tosca, inculta y (quizás por eso) muy adinerada, ofrece ostentosamente al oficial que le ha tomado declaración un cigarro puro.

—No, muchas gracias —dice el funcionario—. Perdone que no se lo admita, pero eso sería un cohecho.

—¡Qué va a ser lo que usted dice, hombre de Dios! ¡Esto es un habano de quince duros!

*

Se presenta en el despacho de uno de los más ilustres letrados de Madrid, famoso por su cultura jurídica y por sus conocimientos, un ciudadano enteco acompañado de su esposa, que, en notorio contraste, es mujer de muchas y voluminosas carnes. El visitante, según cuenta, está imputado en una causa por robo. La cónyuge acompaña sus explicaciones con comentarios marginales.

—Pues que dicen que yo me apropié de unos géneros en la mercería del barrio y de unas latas de conservas alimenticias en el colmado...

—Rigurosamente falso —apostilla la señora.

—Y me han aconsejado que me busque un abogado defensor, por lo que pueda pasar. Entonces hemos pensado en usted.

—Es que, verá, le estuvimos oyendo la otra mañana en la Audiencia, donde defendía a unos procesados por no sé qué de la panadería. Y ayer volvimos a escucharle en otro juicio.

El letrado, lógicamente, se ufana:

—Al parecer les gustaron mis informes...

—No es eso exactamente. —Otra vez ella—. Lo que le dije yo a éste fue: mira, más vale lo malo conocido...

*

Triste suceso en una aldea castellana. Dos hombres riñen, navaja en mano; uno resulta muerto, el otro con heridas graves. Accidentalmente, el Juzgado de Instrucción está atendido por un juez municipal suplente que ni siquiera es abogado. Rápidamente dicta auto de procesamiento: el contendiente que ha sobrevivido queda procesado por homicidio. Y el muerto por lesiones.

*

Comparecía ante un tribunal especial un delincuente famoso, apresado por la Guardia Civil en la serranía tras difícil y arriesgada persecución. El sumario, de muchísimos folios, dejaba claras las grandes responsabilidades del procesado: dos asesinatos, un rapto, varios saqueos e incendios…

El fiscal hizo un informe apocalíptico, que estremeció al público asistente a la vista oral por la brillantez y la dureza con que describió las hazañas criminales del reo. Y que se sorprendió (el público y se supone que también el reo) cuando terminó así:

—Por todo lo cual, señores de la sala, solicito para el acusado la pena de muerte *en su grado máximo*.

*

En el Juzgado de Instrucción de un pueblo de Andalucía, cabeza de partido, se recibe aviso de que ha muerto ahogado en el río un conocido labrador de la comarca. El juez se persona de inmediato, acompañado por el personal auxiliar. El forense certifica la defunción: sin duda, mientras se bañaba, las aguas del río le arrastraron durante algún tiempo, pues tiene los pulmones enteramente encharcados.

Y el secretario judicial, ocurrente como buen andaluz, comenta:

—¡Qué espanto, Dios mío! ¡Es la primera vez que veo a un labrador harto de agua!

*

Ante la sala de una Audiencia Provincial comparece como testigo una señora muy enjoyada, muy maquillada, muy ostentosa. Evidentemente, una nueva rica, que contesta en tono altivo y desdeñoso a las preguntas que se le formulan.

Terminado el acto, ya en los pasillos, el abogado que la propuso, al observar su gesto agrio y malhumorado, le dice:

—¿Qué le ocurre, señora? ¿Está usted enfadada?

—Naturalmente. Muchísimo. ¿O no se ha dado cuenta de que esos señores del tribunal, por muy magistrados que sean, son también unos maleducados? Entra una dama como yo y ni siquiera tienen la cortesía de levantarse para recibirme con la debida educación.

*

Juicio de faltas. Protagonistas, dos mujeres de las llamadas de vida alegre. La denunciante acusa a la otra de haberla injuriado. Interroga el juez:

—¿En qué consistió el insulto?

—Mire, Señoría, me dijo: «Te voy a llamar una cosa que nadie te ha llamado.»

—¿Es eso cierto?

—Sí, señor juez.

—¿Y qué la llamó?

—Pues *mujer honrada*.

*

En una de aquellas inolvidables Magistraturas de Trabajo, Su Señoría está reunido con los letrados de las partes para intentar la conciliación previa al juicio por accidente mortal de trabajo.

Y les pregunta:

—¿Usted a quién representa?

—A la Caja.

—¿Y usted?

—Al muerto.

*

Un individuo, vecino de cierto pueblo murciano, era objeto de constantes pullas por sus compañeros de casino a cuenta de su incultura y de su absoluta inactividad laboral. Vivía (y bien) de las rentas heredadas, pero ni daba golpe ni tenía el menor interés por salir de su cuasi analfabetismo.

—Tú tendrás muchas perras, pero no eres nada. Nada de nada —se mofaban los amigotes.

Tuvo que personarse el acaudalado ignaro en el despacho de un abogado para que le redactase una papeleta de conciliación. Cuando se la dio a leer, para que la firmase, el indocto preguntó con extrañeza:

—Oiga, ¿qué quiere decir esto del *infrascrito*?

—El infrascrito es usted.

—¿Seguro que yo soy el infrascrito?

—Claro que sí, hombre.

Aquella misma tarde, al llegar a la tertulia del casino, se enfrentó con los habituales contertulios:

—Bueno, señores, se acabaron las coñas y el pitorreo sobre que yo no soy nada. Entérense ya de una vez, que aquí lo pone: yo soy *el infrascrito.*

*

En una causa por estupro, el fiscal había dedicado su informe a glosar la aviesa personalidad del procesado que, abusando de sus atractivos personales, de su indudable capacidad de seducción, de sus malas artes amatorias y de su florida conversación, engañó a la joven víctima, arrastrándola con ladinas añagazas hasta el lecho.

El presunto seductor era un hombre pequeñajo, estrábico, mal vestido, calvo, picado de viruelas y que ya no cumpliría los sesenta años. Al concedérsele la palabra al abogado defensor, pidió éste a su cliente:

—Póngase en pie.

—En... en... seguida. —Además tartamudeaba al hablar.

El defensor extendió con energía su mano hacia el pequeñajo y, señalándole con el índice, tan sólo dijo a los señores magistrados:

—¡ECCE HOMO!

*

Comparece ante el Juzgado Comarcal un conocido periodista, hombre de vida bohemia, que al ser interrogado por Su Señoría acerca de su estado civil responde:

—Soltero, por la gracia de Dios.

El juez, casado y con diez hijos, no puede menos que decirle:

—Sí, señor: tiene usted toda la razón. ¡Por la gracia de Dios!

*

Y otra de circunstancias personales. Al presidente de una comunidad de propietarios se le pregunta cuál es su profesión. Contesta:

—*Productor antipirotécnico graduado.*

—Oiga, ¿y eso qué es?

—Lo que el vulgo llama bombero.

—¿El vulgo?

—Efectivamente. El mismo vulgo que todavía llama criadas a las beneméritas empleadas de hogar familiar.

(Bien pensado, no le faltaba razón al *antipirotécnico*. Pues la obsesión por edulcorar los vocablos más cotidianos con pomposas denominaciones está llegando a extremos ridículos. Los antiguos alguaciles son ahora *oficiales de la Administración de Justicia*; los porteros de las casas, *empleados de fincas urbanas*; a los peones camineros se les llamó, en sus últimos tiempos, *conservadores del riego asfáltico en la red nacional de carreteras*. Ya no hay epidemias; se han convertido en *altas incidencias sanitarias*. Lo mismo que las broncas y los enfrentamientos, por violentos que sean, entre las fuerzas del orden público y los alborotadores, piquetes *de información* (?), *okupas* y demás organizadores de trifulcas callejeras, se nos presentan como *fuertes tensiones*. Hasta en el fútbol una patada tremenda en el peroné del jugador del equipo adversario, cuando se sacude en mitad del campo, se califica como *falta técnica*, muy oportuna porque *ha cortado un avance peligroso*.)

Cualquier día leeremos que las rabizas, o izas, o rameras, o pelanduscas, o cortesanas, o hetairas, o mancebas (las putas, vamos), se nos ofrecen como *asesoras sexuales*. Y sus chulos, rufianes, proxenetas o macrós declaran como profesión la de *administradores de rentas eróticas*.

*

Se sentaba en el banquillo de los acusados un individuo feísimo a quien se imputaba haber cometido un robo utilizando antifaz.

—¿Con qué torvos fines se puso la careta? —preguntó el fiscal.

—Pues verá, en realidad, de verdad, lo hice por bondad.

—¿Cómo por bondad?

—Sí, señor; me tapé la cara porque si, de pronto, me encontraba con alguien en la casa, no se asustara demasiado al verme.

*

De las infinitas anécdotas sucedidas durante los exámenes en las facultades de Derecho elegimos tres.

Pregunta el catedrático de Civil:

—¿Cómo puede llamarse el préstamo simple?

Supina ignorancia en el examinando. Desde atrás le soplan:

—Comodato... comodato.

Y reacciona el muchacho:

—¡Ah, sí! Don Eduardo, don Eduardo Dato.

A la pregunta:

—Hábleme de la enfiteusis.

Se contesta, con manifiesta perplejidad:

—¿De la enfi... qué?

Un alumno fuertemente recomendado se presenta ante el catedrático, que le acoge con su más cariñosa sonrisa.

—Vamos a ver. Lección treinta y cuatro.

Consulta el programa el alumno.

—No he llegado a estudiarla.

—Bueno, bueno. Lección once.

—A ver... Es que no la entendí.

—Claro, claro. Lección primera.

Aquí sí que contesta, pero equivocándose en todo. El catedrático, sin perder su sonrisa:

—Bien, joven. ¿Cree que puede usted aprobar?

—Honradamente, no, señor.

—Pues hasta en esto se equivoca. Aprobado. Salude de mi parte a su papá, el señor gobernador civil.

*

Un conocido siquiatra pronunciaba una conferencia sobre los aspectos clínicos de los delincuentes comunes, haciendo especial hincapié en sus anormalidades síquicas, muchas veces producidas por un entorno familiar o social ingrato, que los inducía a la marginación, abocándolos fatalmente hacia conductas contrarias a la ley.

—Por eso —explicaba el doctor—, la mayor parte de los delincuentes no son más que individuos mentalmente extraviados, enfermos que se han apartado sin plena consciencia de sus actos, del camino recto, y a los cuales resulta preciso saber conducirlos.

Comenta a media voz un penalista presente en el salón:

—Para saber conducirlos, nadie mejor que la Guardia Civil.

*

Otra de gallegos. El cliente de Betanzos va a consultar al *Abogado de Caleya* y le pregunta si sería conveniente que le mandara un jamón al juez de paz para animarle a fallar a su favor el pleito que tiene pendiente.

—¡Ni se le ocurra! —se indigna el abogado—. El señor juez es un hombre muy íntegro; y tan recto, que sólo por su intento de soborno sentenciaría en su contra.

Pocos días más tarde, el defensor comunica a su cliente, con el natural gozo, que han ganado el pleito.

—Pues sabrá —dice el aldeano— que le mandé el jamón al juez.

—¡No es posible!

—Sí, señor; pero como usted me dijo aquello, se lo mandé con una tarjeta del contrario.

*

La demandante, una actriz de revista muy conocida en tiempos, aparte de sus dotes dramáticas, más discutibles, era lo que se dice una señora imponente. Con ojos verdes impresionantes, boca sensual, talle de avispa, caderas ondulantes, finos tobillos. Y, sobre todo, un busto ciertamente digno de ser esculpido por Fidias.

Para desconsuelo del público asistente a la vista, había delegado su representación en el letrado que firmaba la demanda laboral. Así que, llegado el momento de la confesión (que la contraparte no tuvo la precaución de solicitar anticipadamente), el magistrado tuvo que comunicar al letrado de la empresa demandada que la señorita Ingrid no iba a comparecer. Y comentó aquél, muy enojado:

—Ya. Lo de siempre. Dirán que está mala.

El abogado de la vedette replicó con rapidez:

—De eso, nada, señoría. Mi representada está buenísima.

Su Señoría, claro, hizo sonar la campanilla y llamó la atención al abogado, acallando las risas de los asistentes.

*

Casualidades. El testigo se llamaba Francisco Franco. Y el hecho ocurrió a comienzos de diciembre de 1975, es decir, pocos días después del fallecimiento del Generalísimo, hoy llamado comúnmente *el anterior Jefe del Estado*.

El alguacil (o sea, el auxiliar de la Administración de Justicia, como ya sabemos) salió de la sala para dar la voz habitual, reclamando la presencia del testigo:

—¡Francisco Franco!

Contestó una de las personas que aguardaban frente a la puerta:

—¡Presente!

Y otra, notoriamente enojada, le recriminó:

—¡Facha!

*

El empresario demandado era titular de un negocio dedicado a la limpieza denominado El Impecable. Llamado por tres veces, sin que contestase, iba a ser tenido por incomparecido cuando se abrió la puerta de la sala y apareció un señor despeinado, sin afeitar, con el traje chorreando, ya que en la calle llovía a jarros, y dijo, muy atolondrado:

—Soy *El Impecable.*

Don Antonio, el magistrado, comentó:

—Pues nadie lo diría al verle...

REVOLTIJO O BATIBURRILLO

Tentado estuve de titular *poutpourri,* que queda más pedante, o sea, más del gusto de los críticos literarios. Pero escribo este capítulo justamente cuando alcanza su cota máxima la campaña contra los productos franceses, como natural represalia patriótica frente a los salvajes ataques a nuestros camioneros en el vecino y teóricamente dulce país. Así que me incorporo al boicot. Sin dejar de anotar, por cierto, que aunque *boicot* sea palabra aceptada por la Real Academia en su *Diccionario,* no deja de resultar un galicismo y como tal lo califican nuestros *inmortales.* De modo y manera que quedaría más propio, menos contradictorio, exhortar a los ciudadanos de Iberia a *hacer el vacío* a todo lo fabricado más allá de los Pirineos. Incluyendo el lenguaje.

*

Pueden creerme o no; les doy mi palabra de que cuanto ahora voy a contarles sucedió en la realidad y tengo el oportuno expediente muy bien guardado en el archivo de mi bufete, por si algún lector desea comprobarlo.

Era un empleado administrativo de muy malas pulgas que se llevaba a matar con su jefe de sección. Le enviaba éste de continuo notas interiores, en esos impresos divididos en dos partes; en la izquierda se transcribe la orden de trabajo y se devuelve rellenando en la derecha el pertinente comentario.

Reiteradamente había recibido el administrativo cascarrabias, llamémosle Cipriano, la correspondiente hoja, encomendándole una tarea que no consideraba de su incumbencia; así que la devolvía con la lacónica frase *no procede*. Cuando el jefe de sección le repitió por cuarta vez el encargo, Cipriano no pudo evitar uno de sus airados arranques y, en plena excitación, comunicó a sus compañeros de despacho:

—¡Este cabrón se va a enterar de lo que vale un peine!

Y se fue al servicio o *toilette* o baño, como dicen los exquisitos, o retrete, como siempre se llamó, y volvió al poco rato llevando en la mano la dichosa orden de trabajo, que mostró jubiloso a los demás.

—¡Fijaos, fijaos cómo le contesto al cabrón!

Cipriano había llenado la mitad de la hoja reservada para la respuesta con heces fecales; quiere decirse con caca. Dejó secar los excrementos (los compañeros se alejaron de su mesa, en el mientras tanto, para evitar aromas desagradables) y al cabo de un tiempo plegó el folio, lo introdujo cuidadosamente en un sobre dirigido a su superior y lo dejó en la batea de la correspondencia interior.

Ciertamente, el hecho no estaba expresamente contemplado en la relación de faltas laborales de la Ley de Contrato de Trabajo, entonces vigente; pero parecía claro que encajaba entre las ofensas muy graves a un jefe. Pues la lógica interpretación obligaba a considerar que el administrativo de marras no sólo enviaba *a la mierda* a su superior, sino que físicamente *le mandaba mierda*. Así que redacté la carta de despido sin detallar el modo original con que se había realizado la ofensa, ya que mi capacidad de fabulación no alcanzaba a definirlo con la debida delicadeza.

Lo peliagudo llegó cuando, en el acto del juicio oral y al presentar la prueba documental, el maloliente mensaje llegó a manos de Su Señoría. Por supuesto, estaba cuidadosamente metido en una carpeta de plástico; pese a lo cual, el magistrado se lo quitó de encima, con manifiesta cara de asco, pasándolo al secretario, que se apresuró a dejarlo en un extremo de la mesa. Cipriano no negó los hechos; es más, en su confesión declaró sin rebozo alguno que, como estaba harto de negarse a hacer aquel trabajo que se le encomendaba por el pelma de su jefe, sin que éste dejase de insistir, había ideado una fórmula que le pareció expeditiva.

Afortunadamente reconoció su autoría. Digo afortunadamente porque, terminado el juicio oral, ya solos en la sala el magistrado y los abogados, se planteó una inquietante duda procesal. Si Cipriano hubiera negado que la caca era suya, ¿cómo probarlo? Coincidimos todos en que hubiera sido necesario aplicar analógicamente el mecanismo que la Ley de Procedimiento tiene previsto para los casos en que un perito calígrafo ha de cotejar algún documento para acreditar quién fue su autor: se establece que el interesado redactará en presencia de Su Señoría un cuerpo de escrito y que el perito determinará, comparándolo con el discutido, si están hechos o no por la misma persona.

La conclusión era evidente: de negar Cipriano que las heces procedían de sus intestinos, hubiese tenido que hacer de vientre (o defecar, que resulta más fino) en presencia de Su Señoría y, después, un perito médico nos hubiera aclarado si tenían el mismo origen que los aportados como prueba documental. ¡Menudo número!

El despido se declaró procedente. El demandante recurrió ante el Supremo; hubo que enviar, por tanto, los autos a la entonces Sala VI, con la cagada de Cipriano entre los documentos de la demandada. No le hizo ninguna gracia al magistrado ponente encontrarse con tan insólita prueba, y en la sentencia, que confirmaba la de instancia, dedicó comentarios poco gratos al contumaz Cipriano. ¡Qué menos...!

*

Un prestigioso abogado catalán, Juan Antonio Roquetas, se ha despedido del oficio y en *La Vanguardia* le dedican una página entera, recordando anécdotas de su intensa actividad como letrado. El único, se dice, que se paseó en bicicleta por el salón de pasos perdidos del palacio de Justicia de Barcelona y que rompió de un puñetazo un cristal del juzgado de guardia. No se explica porqué; sólo que el cristal estuvo sin reponerse veinte años. Son conocidas —y he aquí otra prueba más— las carencias materiales de la Administración judicial.

Cuenta Roquetas la historia de un falsificador, auténtico artista, que mientras estaba en la cárcel dibujaba los sellos de las cartas para no perder facultades. Y siempre llegaban a su destino. O aquel otro colega en el oficio que falsificó un mandamiento de libertad y el director del centro penitenciario lo dio por bueno. O el timador a quien la policía no conseguía echarle el guante, hasta que un día se vio mezclado en una manifestación cuando salía de su escondite y fue detenido por la antigua Brigada Político-social. El hombre se lamentaba:

—¡Y pensar que me han detenido en una manifestación contra el régimen, a mí, que soy un franquista entusiasta!

Al Manco Pistolas le llamaban así porque le faltaban los dedos meñique y anular de la mano derecha, pese a lo cual dicen que fue el mejor carterista de la época. Un día, cuando fue a prestar declaración al juzgado, el oficial puso en duda sus habilidades. Al retirarse, nuevamente camino de los calabozos, se volvió para decir al incrédulo:

—Por cierto, tome su cartera. Ni se ha enterado de que se la quitaba.

Defendió Roquetas a un ladrón con tanta brillantez que, al terminar la vista, su cliente se le acercó con lágrimas en los ojos.

—Lo ha hecho usted tan requetebién que por un momento hasta yo he pensado que era inocente.

Cuando comenzaron a venderse televisores en color, nuestro letrado se hizo cargo de la defensa de un individuo acusado de haber robado varios aparatos del escaparate de una tienda. La condena, en estos casos, está en función del valor de lo robado; y el perito los tasó en un precio muy bajo.

—¡Pero si esos televisores son en color! —se asombró el fiscal.

—Sí, pero tenga en cuenta que estaban funcionando en el escaparate y los rayos beta-gamma del sol afectan a las lámparas y diluyen los colores.

El fiscal solicitó un breve descanso; lo que Perry Mason llamaba un *receso*. Volvió al poco rato y siguió el juicio; al terminar preguntó el presidente al fiscal para qué había interesado el receso si después no modificó sus conclusiones.

—Es que he telefoneado a mi mujer para decirle que saque inmediatamente el televisor de la galería.

*

Hace bien poco, en el pasado mes de mayo, la Audiencia Provincial de Córdoba condenó a un tal Rafael a un año de prisión por darle una bofetada a la juez sustituta de Priego. Hechos: en diciembre de 1996, el acusado, tras solicitar audiencia a su señoría, sustituta encargada del juzgado en cuestión, le preguntó si era ella la que le había enviado a la cárcel dos años antes por un delito que, según él, no había cometido. Al decirle la juez que sí, *de manera súbita e inesperada* (sic en la sentencia), le propinó un sonoro bofetón, explicándole a continuación:

—Ahora ya tiene un motivo verdadero para meterme en la cárcel otra vez.

No fue, sin embargo, a la cárcel. La sala estimó que el irascible se encontraba afectado por una alteración grave de la personalidad y que tenía mermadas sus facultades mentales; por lo que cumplirá la condena en un centro siquiátrico.

*

Sabido es que algunos ordenadores no reproducen la letra *eñe*. Y por si algo faltara, son frecuentes las erratas en quienes los manejan y no tienen la precaución de repasar después lo escrito.

Así ocurrió que en una sentencia de un Juzgado de lo Social se dijese que el trabajador cobraba 145 000 pesetas como salario base y, además, el equivalente a 70 000 *en especias por ano.*

*

Más de exámenes. Pregunta el catedrático de Derecho Internacional de una facultad andaluza:

—¿Conoce usted la concepción de Kelsen sobre el orden jurídico internacional?

Tras un largo silencio del alumno, insiste el profesor:

—Vamos, diga algo que recuerde sobre la concepción kelseniana del Derecho Internacional.

—Pues, la verdad, no recuerdo nada.

—Al menos sabrá quién es Kelsen.

—No, señor.

El catedrático, irritadísimo:

—¡Será posible! ¿Que ni siquiera ha oído hablar de Kelsen? Entonces, ¿para qué vive usted, hombre de Dios, para qué vive?

Se pasó el catedrático...

*

En un juicio en el que figuraba como demandado nada menos que el obispo de la diócesis, el letrado de la parte actora (seguramente agnóstico) encabezó así el escrito de demanda:

Que interpongo demanda de juicio de menor cuantía contra el Excmo. y Rvdo. Sr. don..., mayor de edad, vecino de esta localidad Y DE OFICIO, *Obispo.*

*

A los demandantes se les llama *actores* puesto que son quienes ejercitan la acción procesal en reclamación del derecho que consideran conculcado.

En la secretaría de un juzgado comparecen dos jóvenes de muy buen aspecto para solicitar que se les permita comprobar determinados datos que figuran en los autos.

—¿Son ustedes los actores? —pregunta el oficial.

—No, no señor. Nosotros somos oficinistas.

*

Allá por 1978 se celebró un juicio en la Magistratura de Trabajo madrileña en el que la empresa demandada era el Gay Club, un local que estaba a la sazón muy de moda porque el espectáculo corría a cargo de travestidos. Entonces todavía no estábamos acostumbrados a verlos de continuo en la televisión e incluso despertaban cierta curiosidad.

Llamó el alguacil (todavía llamado así) a las partes para comenzar la vista oral:

—¡Fulgencio Suárez Vilaplana!

Y entró en la sala una espléndida mujer (en apariencia) de busto poderoso, largas pestañas, ojos turbadores y caderas ondulantes, muy marcadas en la minifalda. Con asombro, preguntó Su Señoría:

—Pero usted ¿quién es?

—Fulgencio, para servirle.

—Que la reconozca el forense, porque no me lo creo.

*

También en los primeros años de la transición política, cuando se generalizó la secularización de muchos sacerdotes y de bastantes religiosas, fueron frecuentes los pleitos de quienes, al regresar a la sociedad civil, se creían facultados para exigir derechos laborales con carácter retroactivo.

Así, una ex monja, después de pasarse diez años impartiendo clases en un colegio de la orden a la que pertenecía, al colgar los hábitos (por culpa, todo hay que decirlo, de los irresistibles encantos del cocinero del convento) demandó a su antigua congregación, considerándola empresa patronal, para que le pagase el salario del último año, a tenor de lo fijado en el Convenio Colectivo de Centros de Enseñanza para las profesoras de EGB.

Más osado, el capellán de una residencia de la

Seguridad Social elevó atenta instancia al ministro, previa a la interposición de demanda ante la competente jurisdicción laboral, reclamando el pago de *horas extraordinarias* y *trabajos nocturnos*. Entendía como tales su asistencia a los enfermos en trance de muerte para impartirles los últimos auxilios espirituales. También solicitaba el abono de un *plus* por trabajar los domingos y festivos. Diciendo la santa misa, claro.

*

Y es que no hay nada tan difícil (y tan peligroso) como interpretar la ley o enredarse con la jurisprudencia. Fue lo que le ocurrió a cierto alcalde pedáneo de un pueblecito castellano a finales del XIX. Ante el que comparecieron dos vecinas, que se disputaban la maternidad de un niño, después de que otro, nacido casi al mismo tiempo, muriese en el parto.

El buen alcalde tenía sus rudimentos de Biblia, así que, acordándose del famoso juicio de Salomón, mientras las mujeres discutían con creciente violencia llamó al alguacil del ayuntamiento.

—Hermógenes —le dijo—, vete a la carnicería y pídele a Eutimio la cuchilla grande de cortar carne.

—¿Para qué, señor alcalde?

—Para partir en dos a la criatura y darle la mitad a cada una de estas dos mujeres que se la disputan.

El alguacil abrió unos ojos así de grandes.

—¡Pero eso es una burrada, señor alcalde! —tuvo que decir—. ¡Una verdadera animalada!

Entonces, el alcalde pedáneo, interpretando a su manera los textos bíblicos, se puso en pie, señaló con su dedo índice al alguacil y dedujo, sin ninguna vacilación:

—¡Está clarísimo, Hermógenes! ¡Tu reacción te ha delatado! ¡Tú eres la madre de la criatura!

Esto demuestra que la interpretación de la ley y la aplicación de la equidad tienen sus intríngulis.

*

La sentencia que resumo a continuación se dictó por un tribunal de Sevilla en febrero de 1937; es decir, en plena guerra civil. Una vez más podemos comprobar el sentido del humor de algunos (no demasiados) jueces.

RESULTANDO: Que don A. A. se dedicaba con don N. N. a ensayos y esparcimientos de metagnosis, el primero como médium audiente, vidente y parlante, recogiendo las indicaciones o inspiraciones que el espíritu Luz le dictaba, escribiendo sendos libros de los cuales era autor el repetido espíritu Luz, no reportando utilidad la venta de tales trabajos, que se repartían gratis, ya que ni el autor (el espíritu Luz) ni el editor los pusieron a la venta. Hechos que se declaran probados.

CONSIDERANDO: Que la índole de los trabajos prestados por el actor al demandado relevan al Juzgador de hacer otros razonamientos para rechazar la demanda, que aquellos que se derivan de la naturaleza de los mismos, sentado solamente que las leyes sociales de amparo al trabajo no pueden aplicarse a los esparcimientos metagnósicos de las partes, ni mucho menos las bases sala-

riales para escribientes, que rebajarían indudablemente el valor científico del demandante como médium audiente, vidente y parlante...

FALLO: Desestimando la demanda.

*

En un juzgado municipal se celebra el juicio de faltas contra un marido excesivamente aficionado a las libaciones vitivinícolas que en sus frecuentes períodos de embriaguez suele golpear a su esposa. Comparece la víctima y el fiscal, redicho y enfático, le formula así la pregunta:

—Dígame, señora: ¿es cierto que su marido rinde culto a Baco?

Muy confusa, la buena mujer contesta:

—Pues la verdad, señor fiscal: no tengo el gusto de conocer a ese señor.

*

Llaman desde el Ministerio de Justicia a la secretaría de un juzgado de un pequeño pueblo gallego, a las once de la mañana.

—¿El señor juez? —preguntan desde Madrid.

—No está —responde una voz balbuciente.

—¿El señor secretario?

—Pues... ha salido.

—¿El señor oficial?

—¿El oficial? Tampoco está; tuvo que salir.

—Entonces ¿quién es usted?

—Soy el agente judicial, antes alguacil, para servirle.

—Y por lo que veo es también el único que está en su sitio.

—Verá... Es que hasta dentro de media hora no pasa el autobús de línea que me lleva al pueblo donde vivo.

*

Un banquero, procesado por estafa, recibe el entusiasta telegrama de su abogado defensor, así redactado: *La verdad ha triunfado.* Al que contesta inmediatamente: *Apele usted.*

*

—¡Terrible, terrible! —se lamenta el marido.

—¿Pues qué pasa? —la mujer, asustada.

—Ya sabes que el sábado aseguré la casa del Arrabal, a la que prendí fuego el domingo.

—¿Y qué?

—¡Que este país está lleno de sinvergüenzas! He ido a cobrar el seguro y resulta que la compañía se ha declarado en quiebra.

*

Se intentaba la conciliación previa al juicio, en el que figuraba como demandada una fábrica de galletas muy conocida, cuyo nombre me callo porque nunca los escritores debemos hacer publicidad gratis. Según costumbre en estos trances, las partes regateaban la indemnización y, cuando parecía que iban a llegar a un acuerdo, el letrado de la empresa se cerró en banda y no quiso subir un céntimo más. La diferencia era mínima; algo así como treinta mil pesetas.

El magistrado tomó la palabra; no para exhortar a la conciliación (de momento), sino para exaltar la calidad y las bondades de las galletas fabricadas por la demandada.

—Todos los días me desayuno con ellas. También mi mujer y mis hijos. Debo reconocer no sólo su agradable sabor, sino también sus propiedades vitamínicas. De verdad les digo que no he encontrado galletas mejores que las de esta marca.

Hizo una pausa antes de dirigirse al abogado de la empresa.

—Y ahora, señor letrado, creo que la propaganda que acabo de hacerle a su representada vale por lo menos las treinta mil pesetas que está usted discutiendo.

Naturalmente, el abogado subió la oferta y el pleito se concilió en la cantidad pedida por la otra parte.

A este mismo magistrado, que es andaluz y ya está jubilado, le ocurrió una mañana, cuando se dirigía en el autobús hacia la Magistratura de Trabajo para celebrar los juicios del día, que una señora, vecina de asiento, le preguntó dónde debía apearse para ir, precisamente, a la Magistratura.

Le indicó que él también se bajaba allí y en seguida se enredaron en la inevitable conversación, durante la que la señora le explicó que tenía un juicio y que estaba muy nerviosa porque no sólo era la primera vez que acudía a los tribunales sino, especialmente, porque le habían dicho que el juez que le correspondía tenía muy malas pulgas y era la mar de antipático.

Casualidades: una hora después, la señora entraba en la sala y se encontraba sentado en el sillón de magistrado a la misma persona con la que había viajado en el autobús y a la que había hecho aquellos comentarios imprudentes. E injustos; pues don Carlos fue siempre un dechado de amabilidad, además de un juez perspicaz y docto.

*

Consejo de guerra ante la especial jurisdicción militar contra un soldado, reo de numerosos y abominables delitos: violaciones, asesinatos, robos, atentados contra un oficial con resultado de lesiones muy graves. Para su defensa había sido designado un capitán recién ascendido, persona tímida y asustadiza.

El informe del fiscal fue terrible, contundente, inapelable. Con brillante verborrea y durísimas calificaciones, describió los hechos criminales, la personalidad siniestra del acusado, su historial delictivo. Terminó solicitando la pena de muerte.

Concedida la palabra al defensor, éste, con voz entrecortada, se limitó a decir:

—Después de escuchar al señor fiscal, sólo me resta pedir que recemos todos un padrenuestro por el acusado.

*

Entre la infinita variedad de timos existentes en el mercado de la desvergüenza, este que dio lugar a una sentencia, naturalmente condenatoria, hará las delicias de mi querido amigo Enrique Rubio, gran especialista en el conocimiento y estudio de mohatras, gatazos, fraudes, estafas y similares.

Un anuncio en la prensa: *Por veinticinco pesetas le enseñaré el modo de ganar cien diarias.* El incauto llega a la oficina tramposa; un sujeto bien vestido le cobra los cinco duros y le hace pasar al despacho del director.

—Así que usted quiere que le diga la manera de ganarse cien pesetas diarias...

—Sí, señor.

—Pues haga lo mismo que yo y comprobará que, diariamente, recibe la visita al menos de cuatro personas como usted, que vendrán a preguntarle cómo se ganan veinte duros entregando sólo cinco.

*

La vocación tardía de don Julián le llevó a estudiar la carrera de Derecho cuando ya era cuarentón. Muy aficionado al teatro, era asiduo a todos los estrenos que tenían lugar en la ciudad y le encantaba, sobre todo, escuchar aquellos parlamentos de gratitud que dirigían los autores cuando la obra había alcanzado un éxito.

A su debut en la Audiencia como letrado acudieron muchos amigos suyos. Le concedió la palabra el presidente de la sala y comenzó su informe:

—Señor presidente... Señores magistrados... Señor fiscal.

Los aludidos hicieron la habitual inclinación de

cabeza, agradeciendo la dedicatoria. Entonces el debutante, dirigiéndose a las personas que llenaban la sala, exclamó con toda solemnidad:

—Respetable público...

*

En una repisa de la sala de visitas, el famoso penalista tenía una de esas figuras bastante espantosas que suelen regalarnos los escasos clientes que poseen la virtud del agradecimiento. Era la habitual representación de la Justicia, simbolizada por la matrona regordeta que, con una venda en los ojos, mantiene suspendidas con una mano las balanzas de la Ley. También de ley (con minúsculas, en este caso) era su plata, según certificaba el oportuno contraste.

Un día la figura desapareció. El abogado dedujo que la había sustraído un cliente a quien acababa de defender en una causa que se seguía por robo, logrando además su absolución. Le citó, confesó el pájaro la autoría del hurto y, como su defensor le afease semejante muestra de ingratitud, alegó el otro, muy serio:

—Mire, tan agradecido le estaba por lo bien que me defendió, que si me llevé la figurita fue con la santa intención de venderla y poderle así pagar su minuta.

*

Era un abogado joven, bastante inexperto, pero muy osado. Se había hecho cargo de la defensa de un bárbaro que, por cuestiones de herencia, mató a hachazos a su padre y a su madre, despedazando los cadáveres y arrojando después los despojos al fondo de un pozo.

Dándole vueltas a los argumentos de su informe, el audaz letrado no encontró mejor comienzo que éste:

—Señores de la sala. ¿No sienten compasión sus señorías de este joven que se sienta en el banquillo? El pobre es un desdichado huérfano...

LOS OTROSÍES

La palabra *otrosí* es en realidad un arcaísmo; un elemento lingüístico cuya forma resulta anticuada, o sea. El *Diccionario de la RAE* le da el significado de *además, demás de esto,* y lo hace descender del latín, *alterum,* otro, y *sic,* así. Después de todo lo cual, advierte que *se usa por lo común en el lenguaje jurídico.* Más bien diría yo (con todos los respetos hacia nuestros doctos *inmortales*) que en la actualidad su uso ha quedado exclusivamente limitado a los escritos curiales, forenses o, si lo prefieren, judiciales.

Pues resulta poco creíble que, por ejemplo, el honorable don Jorge Pujol, al dirigirse al presidente del gobierno que llama central, le dijera: *Otrosí* pido que la barretina se declare prenda de uso obligatorio para las Fuerzas de Seguridad del Estado. Y *otrosí* reclamo dos submarinos de bolsillo para la vigilancia del contrabando en las aguas del Llobregat. Finalmente, *otrosí* exijo que se conceda al Club de Fútbol Barcelona el derecho a utilizar la frase *proveedor de la Real Casa,* habida cuenta de la pertenencia al mismo del yerno de Sus Majestades.

No; los otrosíes sólo los utilizamos ya los abogados en nuestras demandas. Aunque en homenaje al querido arcaísmo, voy a manejarlo para mejor ofrecer algunos pensamientos o máximas/mínimas, que dijo Jardiel Poncela.

*

OTROSÍ DIGO. Que en la ya comentada jerga judicial, llama la atención y puede sorprender a los novatos que en alguna ocasión, cuando pregunten en la secretaría por un oficial, les contesten que *está foliando*, lo que quiere decir que se encuentra numerando los folios que componen unos autos o un sumario; pero la confusión (y hasta el escándalo) resulta más que posible.

OTROSÍ DIGO. Que, a propósito de autos, cierto juez de Madrid dictó providencia suspendiendo el curso de las actuaciones al no disponer el juzgado de una escalera que permitiese acceder a la última estantería, donde se encontraban colocados los legajos en cuestión. A pesar de lo cual todavía tardaron varias semanas en enviársela desde el ministerio.

OTROSÍ DIGO. Que en muchas sentencias, los jueces sólo aciertan cuando dicen *fallo*.

OTROSÍ DIGO. Que ningún abogado consciente opinará nunca que su minuta es *peccata minuta*. Y que son bastantes los que se ciegan cuando pierden la *vista*. Lógica pura.

OTROSÍ DIGO. Que hay que alabar la honestidad de bastantes jueces al declararse *incompetentes*. Evidencia que ya nos constaba por anticipado y no, ciertamente, por razones jurisdiccionales.

OTROSÍ DIGO. Que siempre que un abogado asegura que *numerosa jurisprudencia confirma esta tesis*, así, en abstracto, es porque no ha encontrado una sola sentencia que ampare su teoría.

OTROSÍ DIGO. Que siempre que un letrado dice a otro *como usted muy bien sabe, compañero*, está convencido de que el compañero no tiene la menor idea sobre aquello.

OTROSÍ DIGO. Que jamás debe decirse *este pleito está ganado* sin tener la sentencia firme en el bolsillo.

OTROSÍ DIGO. Que, en manifiesta paradoja, se llama *vista* al juicio oral y *sumario* (que quiere decir breve, resumido, compendiado) a los diez mil folios y aun más que pueden escribirse a lo largo de una causa.

OTROSÍ DIGO. Que hay personas que mienten de tal forma en la confesión judicial que necesitan irse en seguida a pedir perdón en la otra confesión, la sacramental, por las muchas patrañas que acaban de decir.

OTROSÍ DIGO. Que no deben confundirse los *incidentes de pobreza* con los follones que se montan en las huelgas organizadas para pedir aumento del salario mínimo.

OTROSÍ DIGO. Que ya va siendo hora de que se acabe con la rituaria frase *suplico al juzgado*, pues *suplicar* supone *pedir con humildad y sumisión una cosa* (RAE), y cuando un ciudadano ejercita una acción judicial está exigiendo que se le reconozca un derecho que cree ostentar. De acuerdo con la

Constitución, debía decirse lo mismo que al pie de los escritos: *es justicia que pido.*

OTROSÍ DIGO. Que puedo prometer y prometo que es cierto que una secretaria de un juzgado de lo social, al solicitar que se enviase a México una *comisión rogatoria* (escrito que se eleva a un tribunal extranjero para que cumplimente determinado trámite en su país), manifestó su desconsuelo porque sus muchas obligaciones le impedían formar parte de esa comisión, con las ganas que tenía de conocer la patria de Pancho Villa.

OTROSÍ DIGO. Que también es verdad que cuando se pidió a un juzgado de instrucción madrileño que designara el *comisario* de una quiebra, Su Señoría ofició a la Dirección General de Seguridad para que le enviasen uno.

OTROSÍ DIGO. Que me resisto hasta el límite de mis posibilidades a feminizar la palabra *juez* llamando *juezas* a las muchas damas que ejercen el difícil oficio de impartir justicia. Aunque lo haya aceptado el *Diccionario de la RAE*. Pero, por las mismas, a los magistrados varones deberíamos darles el tratamiento de *sus señoríos* y a los abnegados números de la Benemérita, también machos, decirles *guardios civiles.*

OTROSÍ DIGO. Que ciertos clientes creen (y es preciso sacarlos de tan grave error) que, como a los abogados también se nos llama *letrados,* eso quiere decir que deben pagarnos las minutas con letras de cambio.

OTROSÍ DIGO. Que hasta que se publicó la vigente Ley Orgánica del Poder Judicial, a los especialistas en Derecho del Trabajo se nos conocía como *laboralistas*, ya que desempeñábamos nuestro trabajo ante la entonces llamada jurisdicción *laboral*. Pero como actualmente (y con manifiesta imprecisión técnica) esa jurisdicción se denomina *social*, los especialistas en cuestión nos hemos convertido en abogados *socialistas*. Conste mi más enérgica protesta.

*

Por si algún pejiguero se ha escandalizado por las ironías de los anteriores *otrosíes*, debo aclarar y aclaro que, como en todo el contenido de estas *Historias puñeteras*, no existe en mí más intención que la jocosa: lo que se llama en Derecho *animus jocandi*, radicalmente opuesto al *animus doli*, que ése sí que trae consecuencias desagradables para quienes actúan a su dictado.

Pues también la justicia necesita ser tratada muchas veces con la terapia del humor. Lo que los ingleses, que saben mucho de eso, llaman *laughter in Court*, risa en la Corte; y no se refieren a la de Su Graciosa Majestad doña Isabel, sino a los tribunales. Un juez británico dijo en cierta ocasión, desde su estrado y sin que le temblaran los tirabuzones de su peluca: *La Corte agradecerá que cualquier ilustrado caballero quiera amenizar el sopor de los argumentos legales con un toque de hilaridad*. Pues en eso estamos.

Y en eso estaba aquel letrado que, dirigiéndose a una sala del Supremo cuya jurisprudencia sobre determinada materia no se había distinguido, precisamente, por su congruencia ni por su uniformidad, dijo con su mejor sonrisa: *Esta excelentísima sala ha resuelto ya dos veces el tema que debatimos. La una en un sentido y la otra en el contrario. ¡Pero ambas admirablemente!*

Como ahora los tribunales andan siempre abrumados de trabajo (hay juzgados de lo social en Madrid que señalan treinta vistas diarias), no suelen ser partidarios de que los abogados se extiendan en sus informes. Convendría que tuviesen en cuenta lo ocurrido hace años en la Audiencia de Valencia, cuando el presidente interrumpió al abogado, que estaba en el uso de la palabra, para decirle, de modo bastante desabrido, que se hacía tarde y el tribunal tenía que despachar otros asuntos. Contestó el letrado:

—Señoría, cuando estoy cumpliendo con mi deber me coloco de espaldas al reloj.

A propósito de lo cual y volviendo a la Gran Bretaña, se recuerda siempre que la abogada miss Shedden, en un juicio sobre legitimación, habló ante la Cámara de los Lores, constituida en función judicial, veintitrés (23) horas seguidas. Y tuvieron que aguantarla; como recordarán los aficionados al cine que aguantaba un tribunal norteamericano a James Stewart en aquella deliciosa película titulada en España *Caballero sin espada*.

Dudo que aquí pudieran producirse hechos semejantes. Entre nosotros suele haber más picaresca que rigor; de ahí la práctica, algo frecuente entre ciertos letrados, de *preparar* a los testigos. Lo cual, además de dudosamente ético, suele dar un pésimo resultado si la otra parte sabe repreguntar con habilidad.

Por ejemplo: en un juicio oral sobre coacciones seguido contra el bravucón del pueblo, un tipo fanfarrón y rajabroqueles, la defensa aleccionó a sus testigos para que respondieran que el procesado era *ecuánime y ponderado.* Al segundo de ellos le repreguntó el fiscal qué entendía por *ecuánime y ponderado.* Y el pobre hombre contestó sin la menor vacilación:

—¡Anda, pues que en el pueblo no se hace más que lo que a él le sale de los cojones!

Peor fue lo de otro testigo, que esperaba ser llamado para deponer (y ustedes dispensen, pero ya les expliqué que así se dice) y que daba muestras de gran impaciencia. Le preguntó el alguacil:

—¿Y usted de qué viene?

—¿Yo? ¡De testigo falso!

Ocurre a veces que la terminología jurídica no queda al alcance de algunos. Ni siquiera las designaciones por lo fino de determinados hechos obscenos. Se ventilaba en juicio oral un presunto delito contra la honestidad (hoy desaparecido del Código Penal en favor de la *libertad sexual*) y la víctima, una gitanilla muy joven, no se aclaraba cuando el fiscal le preguntaba si hubo *coito,* si se consumó la *coyunda,* si se llegó al *acceso carnal,* si había *yacido* con el supuesto agresor.

Entonces el presidente de la sala pidió a la muchacha que se acercase a la mesa y, con gesto sonriente y voz cariñosa, le indicó:

—Lo que el señor fiscal quiere saber es si el acusado y tú...

Cerró el puño derecho y movió el brazo hacia adelante y hacia atrás, a la altura del pecho, con el debido ritmo, en uno de esos gestos consagrados por la mímica universal. Con lo que la gitanilla, ya al cabo de la calle, contestó en seguida:

—¡Ah! Que si jodimos. Pues sí, señor.

*

Dos tercios de los abogados que hay en el mundo están en los Estados Unidos. Sólo en el oeste de Los Ángeles existen más bufetes que en todo Japón. Y los norteamericanos se gastan diez veces más dinero en pleitos que en alimentos o en automóviles. En los últimos treinta años el número de causas se ha multiplicado por cuarenta.

De modo y manera que resulta muy lógico que este oficio no tenga buena prensa en USA y despierte toda clase de suspicacias entre sus ciudadanos. Ciertamente, la organización de algunos de esos macrobufetes, auténticas industrias del pleito, justifica semejantes recelos; les recomiendo que lean *La tapadera* si quieren conocer la forma como funcionan ciertas sociedades de asesoramiento legal, por un decir.

Y por ello, las pullas y los sarcasmos son constantes respecto de la profesión letrada. Tom Hanks pregunta en *Philadelphia*:

—¿Cómo llamarías a mil abogados atados juntos en el fondo del mar?

—No sé —le responde Denzel Washington.

—Un buen comienzo.

Lo ha contado Ruiz Quintano en *ABC*. Dice también que en Nueva York, un día de diciembre, hacía tantísimo frío que hasta los abogados llevaban las manos metidas en *sus* propios bolsillos.

Hombre, no será para tanto.

*

Pero no es preciso que nos marchemos al país del dólar. En Barcelona, junio de 1997, un juzgado de instrucción citó de comparecencia en una misma mañana a 101 (dice ciento uno) testigos.

Para el Guiness, vaya.

*

Siguen los disparates (dicho sea respetuosamente y en términos de defensa). La aconfesionalidad del Estado español, prescrita en la Constitución de 27 de diciembre de 1978, publicada en el *BOE* del 29 (hubiese resultado poco serio que lo fuera el 28, día de los Inocentes), ha dado pie a ciertas curiosas interpretaciones a cargo de los habituales radicales o fundamentalistas.

Un concejal comunista del Ayuntamiento de San Roque declaraba, en marzo de 1981, que la celebración de la Semana Santa era *anticonstitucional*. El municipio socialista de Bailén, en esa misma línea, convocó pleno la tarde del Jueves Santo. Hubo que suspenderlo por falta de asistentes; casi todos los señores concejales estaban en la procesión. Por esas mismas fechas y dando prueba, en cambio, de su buena voluntad y deseo de colaboración con la Iglesia, el Ayuntamiento de Alicante comunicó al obispo de la diócesis que le relevaba de pagar el impuesto de *ocupación de vías públicas* con motivo del paso por ellas de las cofradías de Semana Santa.

Reconozcamos que, en demasiadas ocasiones, el Derecho queda torcido.

HECHA LA LEY, HECHA LA TRAMPA

Confieso sin ningún rubor que no soy entusiasta de los proverbios o máximas; eso que suele llamarse *el rico refranero español*. En pocas ocasiones le encuentro la opulencia; más bien suelen destacar semejantes sentencias por una notable sordidez. ¿Puede haber mayor exaltación del egoísmo que *el ande yo caliente y ríase la gente*? Lo de *dame pan y llámame tonto* ¿no es de una vileza absoluta? ¿Y qué decir del *ojos que no ven, corazón que no siente,* verdadero cántico a la insolidaridad? ¿Y qué de *entre dos que bien se quieren, con uno que coma basta*: incitación clara a la misoginia?

Cierto que, alguna vez, los refranes no carecen de sentido. Aunque está feo que yo lo diga, *pleitos tengas y los ganes* es un adagio cargado de razón; sobre todo en estos tiempos. Como *allá van leyes, do quieren reyes,* referencia también muy actual si pensamos en la creciente injerencia del Poder Ejecutivo en el Judicial. Dicen que tiene su origen en un duelo organizado en 1077 por el rey Alfonso VI entre un caballero mozárabe y otro cristiano, para dirimir qué liturgia debía aplicarse en los reinos de Castilla y León. Ganó el mozárabe; pero el monarca no hizo el menor caso del presunto *juicio de Dios* e impuso el rito romano en sus territorios.

Y está lo de *hecha la ley, hecha la trampa*, que invierte el orden natural, pues la ley debe hacerse, precisamente, para prevenir la trampa; o sea, lo ilícito.

*

Bien es verdad que no resulta fácil hacer las leyes. Hacerlas, obvio, en un Estado de Derecho, donde un texto legal conoce, antes de ser publicado como tal en el *BOE*, innumerables vicisitudes, arreglos, cambios, dictámenes, propuestas, adiciones, tachaduras y remiendos: lo que se conoce en el vocabulario parlamentario como *enmiendas*. Hasta que por fin (y muchas veces por puro cansancio) el Legislativo aprueba el definitivo.

Valga como ejemplo de la difícil andadura que tiene que recorrer una ley como Dios manda nuestro Código Civil. En el siglo XVIII comenzaron a apuntar los afanes codificadores en los países europeos, que se impondrían con fuerza en el XIX. Como en tantas ocasiones, España se había adelantado en siglos a este deseo de refundir las leyes dispersas: recuérdense las Partidas, el Fuero Juzgo, las Leyes de Indias, las Leyes de Toro, la Novísima Recopilación de Carlos IV...

Pese a tales precedentes, los franceses, fieles a su chauvinismo, fijan siempre como arranque de la corriente codificadora el Código Napoleón, por otra parte excelente. Que picó a los alemanes, los cuales, tras muchas controversias y pesadísimas (o sea, muy alemanas) discusiones, sacaron a la luz en 1896 su Código, que tardaría cuatro años en entrar en vigor, mientras Savigny y Thibaut reposaban de sus jurídicos enfrentamientos.

Las Cortes de Cádiz promulgaron, como tanto se nos recuerda ahora, la primera Constitución española en 1812; en ella se prescribe que *los mismos Códigos regirán en todo el reino.* Pero al quedar en suspenso, por la real gana de Fernando VII, se frenaron las tareas recopiladoras. En 1820 se crea una Comisión de Codificaciones, y al siguiente año se presenta el primer libro del proyecto; pero no gusta nada y se desecha. A partir de entonces, cada jurista que se precia propone un proyecto personal.

En 1843 vuelve a crearse una comisión codificadora, que en 1851 redacta otro proyecto, ya más maduro. Sin embargo, el gobierno no se atreve a sacarlo adelante porque los foralistas pusieron el grito en el cielo. En vista de lo cual se optó por ir dictando leyes especiales: la Hipotecaria, la de Minas y Aguas, la de Caza, la de Propiedad Intelectual. Justo es reconocer que fueron estupendas; muchas de ellas, como la última citada, estuvieron en vigor más de un siglo y aún hoy la echamos de menos, porque la vigente no salió demasiado fina.

Para obviar el problema de las regiones aforadas se decidió incorporar a la comisión un representante de cada una de ellas. El enredo fue todavía mayor, para desesperación de Alonso Martínez, que se había empeñado en sacar adelante la empresa unificadora. Pasaron años, pasaron lustros, hasta que por fin, en 1888, se aprobaba la Ley de Bases. Era Silvela presidente del Consejo, pero Alonso Martínez, como ministro de Gracia y Justicia, se dio el gustazo de firmar el definitivo texto del Código Civil. Que aún tardó casi un año en ver la luz en la *Gaceta* en su redacción definitiva. Esta vez firmaba Canalejas porque, según costumbre de la época, el gobierno ya no era el mismo que el del año anterior.

Setenta y siete años, pues, tardaron las leyes civiles españolas en refundirse en un Código. Para ello hizo falta, además, anunciar que irían publicándose unos *apéndices* en los que se recogería la legislación foral que en determinados territorios seguía vigente. Sólo los aragoneses —que por algo tienen fama de tenaces y tozudos— consiguieron que su apéndice se incorporara al Código en el momento previsto.

El Código Civil tuvo, por tanto, un parto laborioso. Pero la criatura salió espléndida. Nada comparable a los fetos jurídicos que en estos tiempos suelen alumbrarse, engendrados con tanta prisa como escaso acierto. Ahí tienen el Código Penal abortado por el gobierno de Felipe González, que se permitió llamarlo, con su habitual desparpajo, *el Código de la democracia*. Bueno; pues ya está en camino la revisión de varios de sus títulos. Como el referente a los delitos sexuales en perjuicio de menores, que a los sagaces legisladores se les había olvidado prevenir. Y no digamos las leyes laborales, que en los últimos veinte años han conocido cuatro distintos ordenamientos —el último con una diferencia de sólo tres años—, además de infinitas disposiciones complementarias.

*

Hecha la ley, hecha la trampa, decíamos. En ocasiones, lo que se hace es una espléndida empanada mental en quienes tienen que aplicarla. Así

9-8-84 IDEAL - Pág. 15

Se ha denunciado ante el gobernador civil, secretario provincial del PSOE y Guardia Civil

Fuerte tensión en Juviles al prohibir la alcaldesa las fiestas populares

Los vecinos achacan la prohibición a una venganza personal del marido de la alcaldesa, quien ha dicho en público que «las fiestas se harán cuando el coño de mi mujer ordene y tenga gana», al tiempo que levantaba el vestido de su esposa ★ La Corporación municipal de Juviles es totalmente del PSOE, y en ella figuran el padre de la alcaldesa, su suegro y dos cuñados

titulaba *Ideal* de Granada, en 9 de agosto de 1984, la decisión de la alcaldesa de Juviles de prohibir las tradicionales fiestas populares de ese mes: *Los vecinos achacan la prohibición a una venganza personal del marido de la alcaldesa socialista, quien ha dicho en público que «las fiestas se harán cuando el coño de mi mujer ordene y tenga gana», al tiempo que levantaba el vestido de su esposa.* Indudablemente para mostrar al personal tan curiosa fuente del Derecho.

Otro alcalde con ideas propias, el del consistorio pontevedrés de Bayona, arrestó e hizo conducir hasta el calabozo del ayuntamiento a una vaca que pastaba en los jardines municipales, sin hacer caso, la muy díscola, de los letreros, que prohibían pisar la yerba. Y en *Información* de Alicante (26-X-84) pudo leerse este titular: *Dictada orden de caza y captura contra tres ultraderechistas.* Sustituir la tradicional *busca* por una batida cinegética resulta un tanto excesivo.

*

En páginas anteriores he recogido algunas preciosas muestras del particular sentido de la redacción en bastantes escritos judiciales. Tampoco la prosa municipal tiene desperdicio. En papel oficial del Ayuntamiento del Real Sitio de San Fernando de Henares (Madrid), Servicio de Policía Municipal, núm. 127, de fecha 29 de enero de 1987, se escribió lo siguiente:

ASUNTO: INFORMANDO DE TENER EN LA TERRAZA DE SU VIVIENDA UN FÉRETRO CON HUESOS DURANTE VARIOS DÍAS.

Y a continuación: *Los que suscriben, Cabo y Policía Municipal de este Ayto. informan a V. que a las 21.30 del día de hoy, fuimos avisados por un vecino del Paseo de Oria núm. 13, de que desde su terraza veía un féretro en la terraza de otro vecino y que en alguna ocasión había visto abrir el ataúd y dentro había huesos humanos.*

Personados en la vivienda denunciada, que resultó ser en el Paseo de Oria, 11, se requirió la aclaración de dicho asunto, pasando con el dueño a la terraza, donde estaba el mencionado ataúd con sus huesos correspondientes, siendo en total el esqueleto completo de una persona, pero con la atenuante de que la caja era de un vecino suyo, que se la había dejado porque no le cabía en su casa.

Una vez vista la caja y los huesos, se vio que el asunto no era de mucha importancia, ya que el ataúd estaba destinado para juegos de ilusionismo y que tenía doble fondo, así como que los huesos eran de plástico.

Una vez finalizada la actuación, fuimos a ver al ve-

SAN FERNANDO DE HENARES (MADRID)

SERVICIO DE POLICIA MUNICIPAL

Nº..127.. Prensa

ASUNTO : INFORMANDO DE TENER EN LA TERRAZA DE SU VIVIENDA UN FERETRO CON HUESOS DURANTE VARIOS DIAS.

Los que suscriben, Cabo y Policías Municipal de este Ayto. informan a V., que a las 21,30 h. del día de hoy, fuimos avisados por un vecino del Paseo de Oria Nº 13, de que desde su terraza veía un feretro en la terraza de otro vecino, y que en alguna ocasión había visto abrir el ataud y dentro había huesos humanos.

Personados en la vivienda denunciada, que resultó ser en el Paseo de Oria Nº 11; se requirió la aclaración de dichos asunto, pasando con el dueño a la terraza, donde estaba el mencionado ataud, con sus huesos correspondientes, siendo en total el esqueleto completo de una persona, pero con la atenuante de que la caja era de un vecino suyo que se la había dejado porque no le cabía en su casa.

Una vez vista la caja y los huesos, se vio que el asunto no era de mucha importancia, ya que el ataud estaba destinado para juegos de ilusionismo, y que tenía doble fondo, así como que los huesos eran de plástico.

Una vez finalizada la actuación, fuimos a ver al vecino denunciante, para tranquilizarle y que pudiese dormir tranquilo por la noche.

Todo lo cual, comunicamos a V., para su conocimiento y efectos oportunos.

San Fernando de Henares a 29-de enero-de 1987

El Cabo y Policía Municipal

AYUNTAMIENTO DEL REAL SITIO DE SAN FERNANDO DE HENARES (Madrid) — POLICIA MUNICIPAL

Sr. ALCALDE PRESIDENTE DEL AYUNTAMIENTO DEL REAL SITIO DE SAN FERNANDO DE H.

cino denunciante, para tranquilizarle y que pudiese dormir tranquilo por la noche.

Todo lo cual comunicamos a V. para su conocimiento y efectos oportunos.

Sr. Alcalde-Presidente del Ayuntamiento.

*

Otro informe sin desperdicio:

Los que suscriben M. H. J. y F. S. G., policías municipales de esta Villa, exponen: que encontrándose la pareja que suscribe prestando servicio en la Plaza de la Constitución, donde se celebraba el baile dominical con las debidas licencias municipales, por causas que desconoce la pareja que suscribe, se organizó un tumulto, agrediéndose varios vecinos de manera peligrosa y obligando en consecuencia a intervenir a la pareja que suscribe, la cual al cabo de pocos minutos consiguió restablecer el orden, de modo y manera que continuó el baile por parte de todas las parejas, menos la que suscribe.

*

En un atestado de la Policía de Tráfico se daba cuenta de que en el kilómetro 157 de la Nacional III había tenido lugar un accidente al volcar el turismo matrícula tal, según testigos oculares, al efectuar su conductor una violenta maniobra para evitar el atropello de un perro que inesperadamente se cruzó frente al vehículo. Resultaron heridos de pronóstico grave dicho conductor y su acompañante, quienes, trasladados al ambulatorio del vecino pueblo, prestaron más tarde declaración, confirmando la causa del accidente. *No pudo ser interrogado el can, por haber desaparecido.*

*

Hay veces en que la iniciativa privada suple la acción de la justicia, tomándosela por su propia mano. También en tales casos, la notificación de estas actitudes vindicativas se efectúa de manera pintoresca.

AVISO

AL PERSONAL VOLUNTARIO
FEMENINO DE LA CRUZ ROJA

Ante la absurda e incomprensible actitud del presidente de la Cruz Roja de Santander, al encargar los uniformes de la Unidad Femenina de Voluntarias de la Cruz Roja de tierra de Santander y negarse ahora a pagarlos, tendrá cada una que pagarse su uniforme, por lo que deberán pasarse por la SASTRERÍA a efectuar su pago.

Se advierte que las que no lo hicieren, serán despojadas del uniforme, donde quiera que se las encuentre, por lo que se las aconseja llevar ropa de repuesto, si no quieren verse desnudas en la calle.

Santander, 3 de diciembre 1984

Fdo. Víctor Manuel Martín
DNI 13489339

(Publicado en esa fecha en el *Diario Montañés.*)

*

Terminaremos el capítulo con un bonito ejemplo de laconismo, poco frecuente en la prosa administrativa. El *Boletín Oficial* de las Cortes Generales, Congreso de los Diputados, II Legislatura, publicó el 9 de abril de 1985 esta maravilla:

Serie D.
ACTOS DE CONTROL. Núm. 84
Excmo. Sr.
En relación con la pregunta formulada por el Diputado Don Gabriel Elorriaga Fernández sobre Estatuto de la Comunidad Valenciana en materia de aguas subterráneas, tengo la honra de enviar a V. E. la contestación formulada por el Gobierno, cuyo contenido es el siguiente:
«No.»

Ni el mismísimo Azorín, con su prosa cortante, hubiese mejorado la sobriedad gubernamental.

Serie D: ACTOS DE CONTROL	29 de marzo de 1985	Núm. 84

Excmo. Sr.: En relación con la pregunta formulada por el Diputado don Gabriel Elorriaga Fernández, sobre Estatuto de la Comunidad Valenciana en materia de aguas subterráneas, tengo la honra de enviar a V. E. la contestación formulada por el Gobierno, cuyo contenido es el siguiente:

«No.»

Lo que envío a V. E. a los efectos previstos en el artículo 190 del Reglamento del Congreso.

Madrid, 11 de marzo de 1985.—El Secretario de Estado, **Virgilio Zapatero Gómez.**

EPISODIOS VIVIDOS

Lo que tienen de bueno (si es que algo de bueno tienen, que creo que sí) estas *Historias puñeteras* es que se corresponden con hechos auténticos, con anécdotas ciertas. Las de este capítulo me las facilitaron queridos e ilustres magistrados, hoy en su bien merecida jubilación, que las vivieron durante sus largos años de actividad judicial.

*

Una cantante hace tiempo muy famosa demandó a su empresa discográfica pidiendo la rescisión de su contrato por haber lanzado al mercado una canción por ella interpretada que podía provocar la irrisión de las gentes. La cantante se llamaba, se llama, Rosa Morena; aunque su verdadero nombre sea, ahí queda eso, María Otilia González Pulgarín.

El magistrado juzgador pidió que el día del juicio se llevase por la demandante un magnetofón con objeto de poder escuchar, como prueba, la canción supuestamente infamante. Que resultó serlo: pues, hete aquí que, cuando se grabó, la empresa entregó a la artista una letra en la que, por lamentable error mecanográfico, se había introducido un gazapo importante.

Decía el original:

De tanta penita, pena,
son mis ojeras morás.

Y al transcribirlo, se había escrito:

De tanta penita, pena,
son mis orejas morás.

Lo cual, naturalmente, se prestaba al pitorreo, la guasa, la befa y la mofa. Que se produjo, inevitablemente, al ser puesto a la venta el disco sin rectificar la supuesta motivación auricular del dolor de la cantante. La cual, por cierto, al interpretarla, ni se había enterado del lapsus. Por ello, la sentencia que estimó su petición y declaró resuelto su contrato con la empresa disminuyó sensiblemente la indemnización que solicitaba, ya que a la culpa empresarial se unía la indudable dejadez de la artista.

*

El demandante se llamaba Santiago Parrilla; la empresa demandada, Emparrillados Metálicos. Y el magistrado convenció a las partes de que debían conciliarse ya que, evidentemente, podía decirse que habían nacido la una para la otra.

*

Un obrero fue despedido acusado de haber simulado enfermedad pues, no obstante encontrarse de baja por incapacidad laboral transitoria, estaba trabajando para otra empresa, a la que acudía diariamente. En demostración de lo cual se aportó el informe de un investigador privado, con fotografías que no dejaban lugar a dudas: el demandante salía temprano de casa, montaba en motocicleta y se dirigía a un taller distante tres kilómetros.

La sorpresa saltó cuando fue llamado el testigo del obrero: un hermano suyo gemelo que vivía en su mismo piso y que era quien trabajaba para la otra empresa. No el despedido que, en efecto, estaba pachucho.

*

Comparece ante el juez, como inculpado, un ciudadano magrebí, elegante, bien parecido, como de cuarenta años, a quien el juez efectúa la pregunta ritual de si se confiesa autor de un delito contra la seguridad del tráfico. Pues se le acusaba de haber sido detenido cuando conducía un Mercedes a gran velocidad y por el centro de Madrid, con tal grado de alcoholemia que en las pruebas que se le efectuaron alcanzó casi los dos gramos por mil.

Respuesta del acusado:

—Reconozco los hechos y, naturalmente, acepto pagar la multa que se me imponga y que se me prive durante una temporada del carnet de conducir. Pero no estoy de acuerdo en absoluto con la afirmación de

Su Señoría de que conducir borracho supone atentar contra la seguridad del tráfico. Llevo haciéndolo muchos años y nunca he tenido un accidente.

*

En un pueblo manchego, una moza denuncia a su novio por estupro, como consecuencia del cual había nacido una preciosa criatura. Tras varios intentos de conciliar el problema, con la consiguiente boda (ocurrían semejantes hechos cuando en este país, entonces llamado comúnmente España, la moral, el honor, la dignidad y bagatelas similares tenían importancia), el juez llama al presunto padre y a la indiscutible madre para celebrar un careo, ya que aquél negaba las imputaciones.

—¡Pero cómo! —se indigna Su Señoría—. ¿Es que insiste usted en negar que abusó de su novia?

La novia, que lleva en brazos al *fruto del pecado*, como solía decirse, se levanta y protesta con gran indignación:

—¡Alto ahí, señor juez! De abusar, *na*; porque yo fui *consentiora*.

*

Acusa el fiscal:

—Los dos procesados, tristes ejemplos de juventud descarriada, fueron sorprendidos por la policía en el interior de un vehículo ajeno la madrugada de un día de verano, con los cables sueltos del arranque del motor, dispuestos para hacer un *puente*, y salir con el coche robado.

Alega la defensa:

—Son dos muchachos ejemplares, de buena familia, vecinos de un pueblo del cinturón de la capital, que al salir de la discoteca, ya de madrugada, como no hubiese transportes públicos a aquellas horas se metieron en el automóvil que estaba abierto para esperar que llegase el primer autobús y poder regresar en él a casa de sus padres.

Cuando se les pregunta a los acusados si tienen algo que alegar, dice uno de ellos:

—Pues claro que sí. Este abogado que nos ha defendido se piensa que somos gilipollas. Vamos, que si el coche llega a arrancar no nos cogen ni los *maderos* ni la madre que nos parió.

*

Una joven rubia, dedicada a lo que eufemísticamente (y con manifiesta inexactitud) se denomina *el oficio más antiguo del mundo,* solicita del juez que su hijo, de padre desconocido, sea ingresado en una institución benéfica, como se había hecho con los de una compañera de trabajo.

—Porque mire, señoría, si usted los ha metido en ese colegio, porque la Maruja es puta, más lo soy yo y desde hace más tiempo. Así que no puede negarme este favor.

*

Dos musulmanes *notables,* de aspecto ciertamente noble y modales exquisitos, se presentan en el domicilio del juez de una ciudad africana, entonces bajo protectorado español, y solicitan hablar con su señoría. A quien explican que uno de ellos es magistrado de tribunal argelino y su acompañante secretario del mismo. Necesitan trasladarse a París inmediatamente, por razones que justifican, y tropiezan con la dificultad de no estar vacunados contra el cólera, requisito que se exigía para poder embarcar con destino a Europa. Y como *compañeros* solicitan la ayuda del juez.

Al día siguiente, el presunto magistrado musulmán vuelve a visitar a su *colega* español para agradecerle la eficacia de su gestión.

—Nunca olvidaré su gesto de compañerismo. Pronto tendrá noticias mías.

Las tuvo a las veinticuatro horas: el dueño del hotel donde se había hospedado *el magistrado* musulmán presentó una denuncia contra él porque se había marchado sin pagar la factura.

*

El joven y todavía inexperto letrado recibe la visita de una señora, madura y agraciada, simpática y locuaz, que quiere entablar demanda de divorcio canónico contra su marido. La relación de agravios es abrumadora: le pega con frecuencia, se emborracha a diario, sus infidelidades son tan notorias como repetidas, gasta en el juego lo que debía entregarle para los gastos domésticos...

El joven y todavía inexperto letrado, muy contento ante la posibilidad de un pleito ciertamente interesante, redacta la demanda para el

Tribunal Eclesiástico magnificando las terribles sevicias del esposo infame; a la mujer le parece perfecta aquella relación de iniquidades y se da curso al escrito.

Pero a las pocas semanas se presenta en el despacho del joven e inexperto letrado la agraviada esposa del brazo de un caballero bien plantado. Y, señalando con su dedo acusador al abogado, increpa:

—¡Este señor, éste, fue quien se inventó esa sarta de mentiras en tu contra, cariño! Porque ¿cómo puedes suponer que yo fuese capaz de semejantes infundios, con lo muchísimo que te quiero?

Nunca más el joven e inexperto letrado volvió a aceptar ningún pleito matrimonial. Aprendió sobradamente la lección de la volubilidad de los sentimientos amorosos, de la versatilidad de los corazones humanos...

*

Declara la *pupila* de una mancebía o lupanar (o casa de putas, vaya) acerca de la explotación de que son objeto *las chicas* del establecimiento por parte de la *madame*.

—Y lo peor de todo, señor juez, es que cuando algún cliente nos invita a café, la muy guarra nos los da de puchero.

*

En un juicio de faltas celebrado en Sanlúcar de Barrameda el juez dicta sentencia *in voce* condenando al denunciado a pagar mil pesetas. Y éste, muy enfadado, dice a gritos:

—¿Mil pesetas? ¡Te voy a dar yo a ti mil pesetas, malaje...!

*

Allá por los años sesenta, el genial Antonio Mingote demandó al propietario de una tasca del viejo Madrid que sin su conocimiento y, por supuesto, sin su autorización había reproducido a gran tamaño, sobre la pared del establecimiento, un dibujo suyo. Copiando incluso su firma.

Agotados todos los intentos para llegar a un arreglo amistoso, se presentó querella, que fue admitida, y se dictó auto de procesamiento contra el mesonero como presunto autor de un delito de defraudación de la propiedad intelectual. Alegó el querellado que si copió el dibujo, con su firma incluida, lo hizo como muestra de su admiración fervorosa hacia el artista. Y la sala así lo consideró, absolviéndole de toda culpa.

Semejante teoría jurídica resulta, sin embargo, altamente peligrosa. El ladrón que una noche entre en casa, es un mero ejemplo, de Julio Iglesias y se lleve varios candelabros de plata y un precioso reloj de oro, podrá argumentar que no había en él ningún ánimo de lucro; que sencillamente, dada su devoción artística hacia el cantante, lo único que pretendía era conservar como reliquias los objetos que se llevó.

*

Los abogados penalistas son maestros en el arte de derivar las posibles responsabilidades de un hecho delictivo hacia las más insospechadas personas. O colectividades; pues resulta frecuente, y ahora más que nunca, que se eche la culpa de las malas acciones de los jóvenes (y aun de los maduros) a la sociedad. A la sociedad, así, en abstracto, *que los pervierte, que los acosa, que los incita a delinquir*. La perorata del defensor suele terminar con un reconocimiento de culpas colectivas: *Todos, todos, señores de la sala, somos responsables, por insolidaridad, por despego, por omisión dolosa, de los hechos de este desdichado, que se encontró inmerso en un entorno social hosco y esquivo...*

En ocasiones, los abogados defensores hacen auténticos equilibrios sobre la cuerda floja de lo increíble. Recuerdo aquel que pretendía convencer a los magistrados de que el procesado no había asestado una puñalada a su víctima, sino que ésta, al resbalar sobre el entarimado, se le vino encima clavándose en el pecho la navaja que el presunto agresor sostenía en su mano, con la que se disponía a cortar unas rebanadas de pan.

Tampoco faltan quienes, en casos de atropello, se empeñan en demostrar que fue el peatón quien se precipitó sobre el automóvil. Incluso, si son muy descarados, pedirán daños y perjuicios por las abolladuras causadas en la carrocería.

LA REALIDAD Y EL DERECHO

Con las debidas licencias, me apropio del título de un libro publicado en 1974 por Cesáreo Rodríguez-Aguilera, del cual proceden las historias y las anécdotas que se incluyen en este capítulo. Su autor, jurista ilustre de larga y feraz trayectoria en la judicatura española, es también poeta de finos matices y apasionado de las artes plásticas, sobre las que ha escrito importantes ensayos, y fruto de una afición y una vocación alentadas en sus comienzos por Eugenio d'Ors. De Cesáreo, en definitiva, puede decirse que es un humanista, en la más pura acepción del concepto.

*

Estaba Enrique O. F., de veinticinco años de edad, haciendo cola en la ventanilla de una estación cuando se le acercó una gitana sandunguera pidiéndole limosna. Le dio una peseta (los hechos sucedían en 1964, hay que aclarar para que no se tache al joven de tacaño) y a continuación la cañí, con indudable gracejo, le convenció para que se dejase *echar la buenaventura*. Al tiempo que le preguntaba si llevaba algún dinero. Enrique, con cierto orgullo, le mostró un billete de quinientas pesetas, que constituía todo su capital.

Continúo reproduciendo literalmente el contenido de la comparecencia efectuada por el cándido mozo ante el Juzgado de Guardia:

Entonces, la ya citada gitana, empleando palabras usadas en el argot caló, *augurándole al compareciente un sinfín de dichas y felicidad, haciendo gestos aparatosos con las manos, le mandó que rezara diez padrenuestros y diez avemarías, le cogió el billete de 500 pesetas de la mano, entregándoselo acto seguido, según él creyó, pero al ir siguiendo la cola y llegar ante la ventanilla para sacar su pasaje, se encontró con que lo que tenía en la mano no era más que un rollo de papel de periódico y que la gitana, que iba acompañada de otras dos también jóvenes, pero que no intervinieron, había desaparecido.*

Moraleja: la habilidad y poca vergüenza de los timadores siempre se combinan con la candidez y la inocencia (rayanas en gilipollez) de los timados.

*

De ahí que puedan producirse engaños tan burdos como el de aquel ciudadano a quien, en 1946, le vendieron en Madrid un tranvía. Esto no lo cuenta Rodríguez-Aguilera: lo he recordado yo en uno de mis anteriores libros.[1]

1. *Los rojos no usaban sombrero*, Editorial Planeta, 1996. Siete ediciones.

Era un paleto adinerado, de los de boina y garrota, que se había venido a la capital para ventilarse parte de las ganancias obtenidas en algún *estraperlo* de aquellos tan frecuentes en los difíciles tiempos de la posguerra; seguramente de jamones o cualquier otro producto alimenticio. Dio el hombre en ir por las noches al café de Levante, en la Puerta del Sol, y allí le localizaron dos socaliñeros de oficio que, con astucia profesional, adivinaron en seguida sus pocas luces. Así que prepararon sabiamente la trampa en la que tendría que caer.

Durante varios días, uno de los timadores estuvo sentándose en el velador contiguo al del panoli, para acabar trabando con él un conocimiento de circunstancias. Llamaba la atención del rústico que siempre, a eso de la una de la madrugada, aparecía un tranviario (entonces los tranviarios llevaban uniforme), saludaba a su vecino de mesa y volcaba sobre ella un montón de calderilla, pesetas sueltas y algún billete de duro, que traía en la reglamentaria cartera colgada del hombro.

Hasta que no pudo reprimir la curiosidad y una noche, como ya tenía cierta confianza con aquel caballero tan bien vestido, se interesó por el motivo de la diaria rociada de dinero.

—Es la recaudación de la jornada, ¿sabe usted? —le explicó el otro con toda seriedad—. La recaudación de mi tranvía.

—¡Ah! Pues no se da mal el negocio.

—Échele las mil pesetejas diarias y el doble los domingos, por la cosa del fútbol. Porque además mi tranvía es de los nuevos: esos 1001 azules que habrá visto circular. Son italianos, de la casa FIAT nada menos.

—Ya, ya. Muy bonitos. Y muy rentables al parecer.

—Desgraciadamente tengo un problema. Por razones familiares he de marcharme a Venezuela y necesito vender el tranvía. Perderé dinero, porque no puedo demorar el viaje; pero en fin...

El paleto, convencido de que la suerte llamaba a su boina, se apresuró a preguntar detalles. El elegante señor, muy amablemente, no tuvo inconveniente en mostrarle las hojas de recaudación de la última semana y hasta los títulos de propiedad del vehículo. Fue corta la discusión; ajustado el precio, allí mismo extendió el fullero un contrato de compra-venta. Aguardó unos minutos a que el comprador regresara de su cercana pensión, adonde había ido por el dinero, ya que la operación tenía que hacerse mediante el pago en efectivo, cobró el importe pactado y dio un fuerte abrazo al cándido, despidiéndole con una reconfortante frase:

—Ha hecho usted un magnífico negocio, amigo.

A la mañana siguiente, temprano, el palurdo se apostó en la parada esperando la llegada de su tranvía. Y cuando apareció aquel cuya numeración se correspondía con la del adquirido, lo hizo parar y subió, tan feliz. El cobrador, que en los 1001 iba sentado en la plataforma trasera, le pidió los cincuenta céntimos del billete.

—¿Pagar yo? —fue la sorprendente respuesta—. No, hombre, no; yo soy desde anoche el nuevo propietario de este tranvía.

El cobrador le dijo todo lo que, en semejantes

circunstancias, suelen decir los chuletas madrileños; después se enfadó ante la insistencia del presunto dueño que, como prueba irrefutable de su derecho, le exhibió el contrato de compra. Naturalmente, entre la rechifla del tranviario y de los pasajeros que contemplaban la escena, acabaron todos en la comisaría más próxima. Durante muchos días no se habló de otra cosa en aquel Madrid todavía pequeño, castizo y chulapón que dejaba tiempo para timos de este calibre y, sobre todo, para apacibles tertulias de café donde comentarlos.

*

Ahora, cuando se está construyendo en la plaza de Cataluña, en el chaflán de las calles Pelayo y Vergara, un gigantesco edificio, resulta curioso recordar que en 1960 el Ayuntamiento de la Ciudad Condal aprobó provisionalmente el plan de ordenación singular de esa manzana sobre un proyecto del arquitecto Bosch Aymerich, que al conocerse desató grandes polémicas. El semanario *Destino* publicó, incluso, una encuesta entre artistas y críticos de arte, con resultados francamente desfavorables para la idea.

Aunque la Comisión Municipal de Urbanismo aprobó definitivamente el plan, diversos particulares y entidades mercantiles afectadas interpusieron contra el acuerdo recurso contencioso administrativo ante el correspondiente tribunal de la Audiencia barcelonesa. El cual, en 1964, decretó la nulidad del acuerdo del ayuntamiento por estimarlo no ajustado a Derecho, al entender que un proyecto privado de edificio monumental no es un plan de ordenación ni un proyecto de urbanización, aunque así se lo designe.

Desconozco el curso posterior del pleito ya que, naturalmente, la sentencia fue recurrida. Pero a la vista de la actual realidad es claro que o fue revocada en última instancia o el proyecto que ahora se está realizando difiere muy sensiblemente del original. O ni siquiera eso, quién sabe...

*

El pregonero de la ciudad de Zaragoza tiene como función (y según su propio nombre indica) leer en público los pregones de las fiestas en honor de la Virgen del Pilar. Va ataviado con traje de época y suele llevar la cara desfigurada por algún aditamento no habitual en él: bigotes, barba, etc. En 1963, el ayuntamiento de la capital aragonesa decidió restablecer la figura del pregonero y, previo concurso, adoptó como tema anunciador de las fiestas un cliché, propiedad de un fotógrafo de la ciudad, en el que aparecía el pregonero, montado a caballo, con su pintoresco traje y dispuesto a leer la proclama.

Al año siguiente, uno de los bancos de Zaragoza editó una guía en cuya portada aparecía la misma fotografía del pregonero, sacada con la debida autorización del cliché del ayuntamiento. Pero el interesado consideró que se había utilizado su imagen sin licencia alguna por su parte y demandó al banco, reclamándole trescientas mil pesetas en concepto de daños y perjuicios de carácter moral.

El Juzgado de Primera Instancia desestimó la demanda por entender que la acción estaba prescrita. Recurrido el fallo en apelación, la Audiencia Territorial tampoco dio lugar a la reclamación; en este caso, por considerar que el derecho a la propia imagen tiene unas limitaciones que en el caso concreto derivaban de que la fotografía correspondía a un personaje popular y simbólico que representaba, no al actor, sino la tradición folclórica de Zaragoza. De tal modo que la figura del pregonero se convertía en un símbolo de la ciudad, patrimonio de la colectividad.

Estos temas del derecho a la propia imagen están de moda en nuestros tiempos, con las constantes intromisiones de los fotógrafos de las llamadas *revistas del corazón* (en Italia les dicen *paparazzi*) en la intimidad de los personajes más o menos famosos. Sabido es que, en bastantes casos, esos personajes (o personajillos) venden la exclusiva de sus festejos, bodas, bautizos, romances y, sobre todo, divorcios a un determinado semanario; de ahí que litiguen contra aquellos otros que, sin previo pago del correspondiente estipendio, pretenden también publicar información gráfica de tales eventos.

Otra cosa es cuando las fotos se obtienen fraudulentamente, mediante cámaras con teleobjetivo o utilizando ingeniosas argucias. Gracias a las cuales hemos podido conocer las anatomías íntegras de algunas *estrellas* y galanes del cine o de la televisión, lo que se dice en cueros vivos, o sea, en pelota picada. Aunque casi siempre se queda uno con la duda de si no existió una previa componenda entre fotógrafo y fotografiado/a, pues muy poquitas veces el pleito anunciado por la presunta víctima, con muchos millones de indemnización por medio, llega a ramos de bendecir.

*

Hay padres despistados. El que acababa de serlo de una niña, se equivocó al inscribirla en el Registro Civil y lo hizo como varón, imponiéndole (para mayor escarnio) el nombre de Celedonio. En el bautizo, sin embargo, ya se hizo constar que era del femenino sexo y que se llamaba María de las Mercedes.

Pasaron los años y, por extraño que resulte, doña María de las Mercedes incluso se casó, sin que nadie hubiese reparado en que, para el Registro Civil, seguía siendo don Celedonio. Sólo entonces y a solicitud, muy lógica, del marido, la señora instó expediente ante el juez municipal para que se rectificaran su sexo y su nombre.

Pero, ¡ay!, surgió un problema de procedimiento. El juez municipal consideró que sólo tenía competencia para decidir respecto del sexo y que lo del nombre correspondía al de instancia, por lo que las peticiones no eran acumulables. Así que tuvieron que pasar varios años, hasta que la Dirección General de Registros sentó el principio de que el juez municipal podía resolver las dos solicitudes conjuntamente. Y Celedonio dejó de existir (legalmente) en beneficio de María de las Mercedes.

Ahora, sabido es, los transexuales también se cambian de nombre cuando pasan a convertirse en estupendas señoras o en rudos varones (de éstos hay menos), renunciando a su sexo original. Y lo tienen mucho más sencillo, porque la actual legislación da todas las facilidades.

*

Situémonos en los años sesenta. El Código Penal tipifica el delito de adulterio, en el que la mujer infiel puede incurrir a poco que se descuide. Con un planteamiento legal absolutamente machista, la deslealtad conyugal del marido es mucho más difícil de probar y exige tales características que se hace casi imposible procesar a un esposo golfante.

En 20 de marzo de 1963, el Tribunal Supremo juzgó la conducta de una mujer casada a la que se le probó que se citaba con varón que no era su marido y se besaba y se abrazaba con él, de modo reiterado y, obviamente, con especial fruición. El juez instructor de la causa la procesó afirmando que se había visto a los amantes reuniéndose en lugares oscuros y dándose el lote correspondiente. El Supremo casó la sentencia; es decir, la revocó. Pues si bien la repetición de actos externos revelaba la infidelidad moral de la buena señora hacia sus deberes conyugales e incluso *una peligrosa inclinación hacia el acto carnal,* al no estar probado que se hubiese llegado a él no cabía estimar la existencia del delito de adulterio. Ya que, para la legislación de la época, era preciso el *yacimiento,* amable eufemismo que la ley usaba para definir lo que, ahora, también suele edulcorarse con la tierna frase *hacer el amor.*

Por los mismos fundamentos jurídicos, Audiencia y Supremo absolvieron en 1962 a un ciudadano y a una señora denunciados por el mosqueado esposo de ésta como reos de adulterio. La historia tiene gracia; talmente parece propia de un sainete.

Después de su jornada habitual de trabajo, el marido regresa a casa y encuentra a su mujer en compañía de su hija y de una vecina. Se marcha ésta y el marido se extraña de que su señora impida a la hija entrar en una de las habitaciones. Lo hace él, la registra y aparece debajo de la cama, medio oculto por un canasto, un hombre totalmente vestido.

Le agarra, le zarandea, le insulta, acuden los vecinos atraídos por el escándalo. El hombre da una explicación chusca:

—Que no es lo que usted se cree... Que he venido a cobrar el pan, como todos los fines de mes...

Y en un descuido del presunto cornudo escapa a todo correr. El presunto en cuestión vuelve a registrar el cuarto y halla entonces, en un armario, unos platos de anchoas, salchichón, queso y aceitunas. Ahora bien: la cama no presenta huella alguna de haber sido usada, como tampoco las otras existentes en la vivienda. Pero el afrentado esposo, basándose en sospechas ciertamente racionales, se querella por adulterio en grado de tentativa contra la mujer y el panadero.

Inútilmente. Tanto la Audiencia como el Tribunal Supremo coincidieron en declarar que no puede existir el adulterio en grado de tentativa, ya que se trata de un delito de resultado y no de tendencia: otra vez lo de la necesidad de que se produzca el dichoso *yacimiento*. Que se consume el coito, o sea. Pues *aunque cabía encontrar una censurable actuación, por quiebra al respeto debido al hogar conyugal e incluso a estrictos conceptos de dignidad*, ni el panadero debajo de la cama ni las aceitunas y demás aperitivos ocultos en el armario valían para demostrar no ya la consumación del *acto carnal*, sino ni siquiera *una inequívoca actuación encaminada a lograrlo*.

Como es sabido, el actual Código Penal no contempla el adulterio como delito perseguible. Una lástima; porque perdemos la ocasión de conocer sentencias tan divertidas como ésta. Aunque, eso sí, las mujeres casquivanas pueden estar más tranquilas.

*

Asimismo, la vigente legislación atenúa notablemente la preocupación por las faltas a la moral que tanto obsesionaban hace medio siglo. En realidad, los criterios éticos deben decidirse más por la conciencia individual que por los textos legales. Lo cual ya se manifestaba en la jurisprudencia de los años sesenta, aunque no faltasen jueces estrictos que contemplaban determinadas actividades inmorales con extrema rigidez.

La anterior Ley de Arrendamientos Urbanos permitía desahuciar al inquilino cuando en el interior de su vivienda o local de negocio tenían lugar actividades que de modo notorio resultasen inmorales. El Tribunal Supremo, siempre pudoroso en sus expresiones, consideraba como tales *el tráfico clandestino de recibir* (se entiende, parejas, que también a la sazón solían ser de distinto sexo). Y sin embargo, una sentencia de 12 de diciembre de 1963 afirmó que haber alquilado un local para *meublé* no significaba haberlo hecho para un negocio inmoral. Por insólito que resulte, el tribunal interpretó la palabra *meublé* en su literal traducción del francés, esto es, *amueblado*. Ignorando, ¡oh castísimos magistrados!, que en nuestro país se designan así los locales donde habitualmente se lleva a cabo el *tráfico clandestino* (entonces) *de recibir*.

Ni que decir tiene que los arrendatarios de prostíbulos podían ser desahuciados en cualquier momento; con lo que, a la postre, se beneficiaba el arrendador, que, por supuesto, conocía desde un principio el destino que iba a darse a su local. Y aunque antes de marzo de 1956 tales establecimientos gozasen de las debidas licencias administrativas.

Mucho se comentó, allá por los años cuarenta, el caso de uno de estos lupanares cuya propietaria, de nacionalidad francesa, en su deseo de hacerse perdonar por el Señor sus muchos pecados y la infamia del oficio que desempeñó en vida, legó en su testamento la casa de putas que había regido a favor de una comunidad de monjas, dedicada preferentemente a recoger y reformar muchachas descarriadas. Atroces dudas se apoderaron de las beneficiarias, pues los notorios beneficios de la maligna industria carnal hubiesen resuelto la penuria de la orden, permitiéndole desempeñar con mucha mayor eficacia su benéfica actividad en pro de la regeneración de las desdichadas pecadoras. Pero superiores instancias eclesiásticas consideraron inaceptable la generosa donación, si bien se agradeció dedicando infinitas preces y sufragios por el alma de la difunta *madame*.

*

Los derechos de propiedad intelectual no suelen merecer en España una excesiva atención. Incluso, en ocasiones como la que relataremos, los tribunales se muestran absolutamente desdeñosos respecto de los artistas que pretenden defender su obra de creación.

Así le ocurrió al gran escultor Pablo Serrano al enterarse que su *Viaje a la Luna en el fondo del mar*, un hermoso grupo escultórico en hierro forjado realizado con destino a un hotel de Málaga, había sido convertido en chatarra. Demandó el artista, calificando de *incivil* la destrucción de la obra y reclamando su propiedad artística, así como los pertinentes daños y perjuicios.

Y sin embargo, tanto el juzgado como la Audiencia de Madrid (1964) desestimaron su demanda. Lo cual, dicho sea con todos los respetos, se me antoja un disparate jurídico. La Ley de Propiedad Intelectual entonces vigente establecía que, salvo pacto en contrario, la enajenación de una obra de arte no lleva consigo la enajenación del derecho de reproducción ni del de la exposición pública, que permanecen reservados al autor.

Más concluyente todavía, el Convenio de Bruselas de 1948, ratificado por España en 1951, dispone que, con independencia de los derechos patrimoniales del autor y aun después de la cesión de estos derechos, el autor conserva durante toda su vida el derecho de reivindicar la paternidad de la obra, así como el de oponerse a cualquier deformación, mutilación o modificación de la misma o cualquier otro atentado que fuese perjudicial para su honor o reputación.

A pesar de lo cual, Pablo Serrano se quedó compuesto y sin escultura. Mayor fortuna tuvo el maestro Pablo Sorozábal, a quien un conjunto vocal de mucho éxito en los años setenta, La Pequeña Compañía, sin su conocimiento ni autorización, adaptó al ritmo *pop* la conocida romanza de la zarzuela *La tabernera del puerto*, titulada *En un país de fábula*.

La defensa de los cantantes y de la empresa discográfica adujo, ¡cómo no!, que tan esencial modificación de la melodía se había realizado *en homenaje* a su compositor, para divulgar mejor su música entre las jóvenes generaciones. Pero ni la Audiencia de Madrid ni el Supremo dieron por bueno el astuto argumento (que sabemos que *coló* en el caso de la reproducción de un dibujo de Mingote) y condenaron al secuestro de todas las cintas grabadas y sus matrices y a una indemnización, eso sí, muy moderada.

Lo que viene a confirmar, una vez más, la pluralidad de los criterios judiciales. Gracias a la cual, si bien se considera, tenemos trabajo los abogados. Admirable pluralidad, por tanto.

SOBRE LOS ABOGADOS

La etimología de la palabra *abogado* no puede ser más gratificante: del latín *advocatus*, llamado para o cerca de. Para defender la justicia, se entiende; cerca del Derecho. Todavía son más definitorias las denominaciones en alemán, *rechtsanwalt*, protector del Derecho, y en inglés, *lawyer*, hombre de leyes, podríamos traducir.

Después, y eso es lo malo, vienen los epítetos. *Abogado de secano*: el que no ejerce; millares, quizás millones en el país. *Firmón*: el que se dedica a firmar escritos ajenos, cobrando por prestar su título a quien no lo tiene. *Del diablo*: en el buen sentido, decíase del promotor de la fe en las causas canónicas. *De malas causas*: ya lo indica su nombre, el que defiende lo indefendible. *Picapleitos*: el enredador, el tramposo y, también, aquel que anda buscando pleitos que no tiene. *Rábula*: charlatán, vocinglero e indocto.

Hay también otros muchos sinónimos del vocablo. Julio Casares da todos éstos: *jurisconsulto, jurisperito, jurisprudente, legisperito, leguleyo, jurista, letrado, legista, decretista, vocero, expositor, buscapleitos, pleitista*, y hasta *muftí*, si bien el *Diccionario de la RAE* precisa que tal denominación debe aplicarse, estrictamente, a los jurisconsultos musulmanes.

Que, por cierto, gozan de larga y muy prestigiosa tradición. Como se sabe (se sabe sólo por algunos, obvio), el Derecho musulmán tiene una raíz profundamente religiosa, ya que tanto las leyes divinas como las humanas están integradas en un mismo código: el Corán, que contiene los preceptos dictados por Alá a Mahoma, su profeta, por mediación del ángel Gabriel. Figuran en él más de seiscientos versículos de índole exclusivamente jurídica, y bien podemos decir que se trata del más higiénico de todos los Derechos.

Pues el árabe, para gozar de su plenitud jurídica, precisaba hallarse en estado de pureza legal (*takarah*), y esto lo lograba mediante el lavado de todo su cuerpo. También podía conseguir un estado de pureza menor lavándose nada más que los pies y las manos. En consecuencia, la legitimación procesal del musulmán estaba, en el siglo X, en función del estropajo. Por lo que no debe extrañar que los abogados islámicos de la época tuviesen que dar mucho jabón a sus clientes.

Los juristas musulmanes se llamaron *alfaquíes*; ellos desarrollaban los principios legales del Corán. Malik construyó un sistema jurídico, la *Mawatta*, asentado sobre la tradición, que sus discípulos se encargaron de machacar concienzudamente, que es lo que suelen hacer los discípulos con las obras de sus maestros. Bajo la dominación árabe se fundaron en Córdoba muchas escuelas de juristas, caracterizadas por la gravedad de sus juicios, la solemnidad de su estilo y la hondura. La escuela cordobesa del Derecho estuvo, pues, en la misma línea que la escuela cordobesa del toreo.

En España, el Fuero Juzgo introdujo por vez primera la figura del *personero*, representante en juicio de la parte: o sea, lo que hoy llamamos procurador. El código de las Siete Partidas dedica especial atención a los abogados o voceros, a quienes exige honestidad, rigor y buenas costumbres. A medida que iba desarrollándose el Derecho, cobraba mayor importancia el abogado y se reducían las anteriores exigencias; y así hasta nuestros días.

*

Por experiencia personal, lo que llamamos en nuestro vocabulario profesional *de ciencia propia*, siempre he dividido a los abogados en dos grandes grupos: los que ejercemos y los que ganan dinero. También me enseña la práctica que aquellos que eligen la carrera de las leyes porque les desagradan las matemáticas no saben lo que se les viene encima. Pues en este oficio y en estos tiempos los abogados nos pasamos los días haciendo cuentas. Ya que en los pleitos, sobre todo en los laborales, siempre es preciso sumar, dividir, multiplicar y hasta ejercitar la regla de tres. Y aún gracias que las maquinitas calculadoras han venido en nuestra ayuda.

En el ejercicio profesional hay que tener en cuenta varias realidades. Una, la de que cada cliente piensa que su pleito es el único que se lleva en el bufete, y tiene por ello un sentido exclusivista, monopolístico, de su letrado. Otra, que cuando se ganan los pleitos los clientes están convencidos de que ha sido porque tenían toda la razón; y cuando se pierden no dudan un segundo en echarle la culpa a su abogado. De ahí que debamos tener muy presente aquel consejo de don Ángel Ossorio y Gallardo a los jóvenes licenciados: *Cuando ganes un pleito, alégrate como si fuera asunto propio; cuando lo pierdas, no olvides nunca que es cuestión ajena.*

*

Los abogados gozamos del privilegio de estar sentados a la misma altura que los jueces; por eso en las salas de audiencia hay un escalón que marca la diferencia con las partes y con el público. También usamos toga y birrete; aunque éste ha caído completamente en desuso, lo cual resulta bastante de agradecer, sobre todo en verano. Hasta la publicación de la actual Ley Orgánica, ponerse la toga exigía vestir con traje negro, camisa blanca y corbata también negra. Como después de la reforma sólo se dice que *los abogados llevarán toga,* jóvenes (y no tan jóvenes) compañeros hay que, en una amplia interpretación del texto legal, se la colocan encima de un jersey colorado, con camisa a cuadros escoceses, sin corbata y completando su mugriento atuendo con pantalones de pana o vaqueros y unos zuecos.

Lo cual, siento decirlo porque se me tildará de arcaico, se me antoja una falta de respeto hacia el símbolo del oficio, *el ropón de paño negro, con grandes solapas y vueltas de terciopelo,* que es como el *Diccio-*

nario describe la toga. No sólo razones éticas, también otras de elemental estética, aconsejan que los abogados guardemos decoro en el vestir; bien está que no vayamos de riguroso luto, como antes (los maledicentes nos comparaban con las cucarachas). Pero un mínimo de consideración, lo que Benavente llamaba *la propia estimación*, siempre resulta recomendable.

De lo contrario, y aplicando estrictamente las prescripciones sobre vestuario de la legislación vigente, cuando el calor aprieta algún letrado *progre* podría presentarse en estrados llevando la toga y debajo tan sólo el traje de baño.

*

Otra mala costumbre que se está imponiendo es la de leer los informes. Lo cual está prohibido por la ley, que bien claramente precisa que deberán ser puramente orales. Pese a lo cual, demasiados abogados de las últimas hornadas se sientan en estrados, sacan unos folios y los deletrean. Algunos magistrados los reprenden, obligándolos a improvisar. La mayoría no; sin duda porque tampoco conocen las normas de procedimiento.

E incluso compañeros hay que se llevan escrito el informe en conclusiones. Aclaro para los ajenos a la profesión: después de celebradas las pruebas, confesiones, testifical, documental y, en su caso, pericial, los letrados de cada una de las partes resumen, desde sus distintos puntos de vista, el resultado de las mismas: a eso se llama *conclusiones*. Por lo tanto, quienes, antes de practicadas, se permiten redactar su análisis y extraer consecuencias deben poseer el don de la profecía y la magia de la adivinación.

Un abogado a quien quiero mucho informaba ante la sala durante la primera de las sesiones de un juicio que iba para largo. En determinado momento se refirió a un documento en el que apoyaba su argumentación e intentó leerlo; el presidente, que le tenía ojeriza (todo hay que decirlo), hizo sonar la campanilla y le reconvino:

—Recuerdo al señor letrado que su informe debe ser totalmente verbal, sin apoyarse en lectura alguna.

A la siguiente sesión estaba otra vez en el uso de la palabra mi buen amigo, aludió a cierto documento, lo cogió con la mano, lo exhibió en alto e hizo ademán de ir a leerlo, colocándolo frente a sus ojos. Campanillazo del presidente.

—Señor letrado, le recuerdo que su informe verbal no puede apoyarse en ninguna lectura.

—Por supuesto, señoría. Este gesto era puramente simbólico. No necesito leer el documento para repetirlo a la sala, ya que me lo sé de memoria.

Y, efectivamente, el bueno de Emilio, gran jurista y mejor persona, le dio con elegancia una buena lección al picajoso magistrado.

*

Sobre los abogados se ha escrito mucho, demasiado, en todos los países y en todos los siglos. Para bien y para mal; en las lenguas más diversas. Sobre todo en latín, que no en vano fue Roma la auténtica cuna del Derecho. Conozcan una locución atribuida a Cicerón en la que dice: *De veritate magis quam de victoria, solliciti esse debent causarum patroni.* Sin duda estarán ustedes de acuerdo.

Pero otras muchas sentencias (usando la palabra en el sentido de proverbio, dicho o adagio y no en el de fallo judicial) ponen tibios a los abogados. Así, san Bernardo de Claraval, en su *Libro de consideraciones* (1143), nos llama *clase de gentes que sólo se aplica a fomentar la mentira; sólo son elocuentes contra la justicia y sabios para la falsedad.* Para rematar la faena califica de *infame tráfico* los honorarios profesionales.

El padre Francisco de Vitoria, adelantado del Derecho Internacional, prevenía: *Así como peca el médico ignorante metiéndose a curar, así el abogado inepto tomando una defensa.* Marat, en uno de sus famosos *Mandamientos de la Patria* (1789), recomendaba que *a las gentes de toga cortarás las uñas radicalmente.* Y nuestro gran Quevedo, en *El sueño de las calaveras,* se refería a un abogado *que tiene todos los derechos con corcovas.* Claro que el mismo don Francisco ponía también de chupa de dómine a los jueces: *Menos mal hacen los delincuentes que un mal juez* (en *Política de Dios y gobierno de Cristo*).

Nuestros autores del Siglo de Oro fueron constantes en sus alusiones a los abogados y a la justicia en general. *Porque a veces lo que es contra lo justo / por la misma razón deleita el gusto* (Lope de Vega). *No está la culpa en que la culpa se cometa, sino en no hallar disculpa* (Calderón de la Barca). *Que aquí el rigor es piedad, porque es piedad el castigo* (otra vez Lope de Vega).

Aunque una de las más desdichadas frases sobre los abogados la dijo Napoleón, según Les Cases: *Quise establecer que los abogados sólo percibiesen honorarios cuando ganaran los pleitos a ellos confiados.* Menos mal que cuando recordaba tan pérfidas intenciones Bonaparte ya estaba confinado en Santa Elena...

*

Nicolás Salmerón era abogado del príncipe Ladislao Czartoryski, coheredero con Isabel II en el testamento de su madre, María Cristina de Borbón, ya que estaba casado con una de las hijas que la reina gobernadora tuvo con el apuesto guardia de corps Fernando Muñoz, más tarde duque de Riánsares. Como surgieran las inevitables desavenencias entre los herederos, pues también las familias de sangre real riñen cuando hay intereses por medio, el cónsul de España en París sugirió a Isabel II, ya en el destierro, que la única persona que podía resolver la situación era Salmerón, también emigrado en Francia, donde ejercía su profesión de abogado con notorio éxito.

Dudó Isabel de que don Nicolás aceptase el encargo; pero cuando se lo propuso y le dio a conocer sus reticencias, por lógicas razones políticas, Salmerón le contestó:

—Señora, soy republicano y, por tanto, nunca aceptaré asesorar a una reina. Pero lo que voy a tener es una clienta española.

Devolvió Isabel II el cumplido:

—Que sea o no republicano, sólo a usted le incumbe. Yo he llamado al abogado más eminente y al hombre más honrado de España.

—Señora, el modesto abogado está a vuestras órdenes.

Consiguió Salmerón, en efecto, poner de acuerdo a los herederos y, terminado felizmente el asunto, la reina le envió un retrato suyo, con marco de oro y piedras finas. Salmerón conservó el retrato, pero devolvió el marco a doña Isabel.

*

Gestos como éste —frecuentes en la profesión, a Dios gracias— desmienten las barbaridades que Marinetti, apóstol del futurismo, dijo de los abogados: *Mercaderes de la argumentación, cerebros prostituidos, tenderetes de ideas capciosas, horda de fabricantes de justicia que, con el hierro dúctil de las leyes, no saben otra cosa que construir ratoneras para inútiles...* Seguramente, el creador del teatro sintético y del tactilismo acababa de perder algún pleito gordo.

Más sentido común demostró el general Grases, que habiendo sido designado para formar parte de un tribunal militar que debía juzgar a unos oficiales sublevados, durante las turbulencias de mediados del XIX, cuando los pronunciamientos estaban a la orden del día, se negó a aceptar el cargo: *No quiero formar parte de esos tribunales* —dijo— *en los que, indistintamente, pudieran sentarse los jueces en el banquillo de los reos y los reos en los sillones de los jueces.*

Mucha enjundia tuvo la réplica de Cristino Martos, político rebelde contra Isabel II, más tarde diputado, presidente del Congreso y ministro de Gracia y Justicia, pero ante todo magnífico abogado, de elocuente oratoria y sólida cultura jurídica. Estaba informando ante la Audiencia de Madrid y, como dijera algo que molestó al presidente, le previno éste:

—No olvide la distancia que hay de ese sitio a este sillón.

La contestación del letrado fue durísima:

—La experiencia me ha enseñado que se sientan ahí los que no han podido sentarse aquí.

*

Durante la vista del juicio contra Émile Zola, procesado por su famoso artículo «J'accuse!», en el que pedía la revisión de la causa seguida contra Dreyfuss el fiscal insistió constantemente en la irreversibilidad de la cosa juzgada. Al terminar su informe, Clemenceau, que defendía al editor del diario *L'Aurore*, donde aquél se había publicado, puesto en pie y dirigiéndose al tribunal, señaló al Cristo colocado detrás de los magistrados, bajo un dosel, y con solemne acento dijo:

—¡He ahí la cosa juzgada!

*

Pensando en el sistema del jurado, ahora puesto de nuevo en vigor con deprimentes resultados, es oportuno recordar lo que escribió el ilustre penalista Jiménez de Asúa a propósito del crimen del expreso de Andalucía (1924):

—En todo delito que se juzga casi inmediatamente después de cometido, quien dicta el fallo es el público.

*

No es que pretenda dudar, ¡Dios me libre!, de los conocimientos de muchos lectores en lenguas clásicas. Pero pensando en los jóvenes, a quienes no les han enseñado latín, triste consecuencia de los lamentables planes de estudio últimamente en vigor, creo oportuno traducir ahora la frase de Cicerón que recogí páginas atrás: *Los defensores de las causas deben andar más solícitos de la verdad que del triunfo.*

Valiosísimo consejo para todos los abogados.

*

En la Grecia clásica, *abogar* era tan sólo privilegio de ciudadanos ejemplares, de caballeros, a quienes se exigía moderación hasta en los gestos y en la oratoria, multándolos con cincuenta dracmas si se excedían. En Roma, cuando el emperador Justino fundó el primer Colegio de Abogados, seleccionaba a quienes fuesen a actuar en el Foro para que no tuviesen mancha alguna de infamia.

San Ivo es patrono de muchos colegios de abogados. (Nótese que también podríamos decir que gozamos, valga el verbo, de un impuesto con santo patrón: el *IVA*.) Bueno, pues en el siglo XIII escribía san Ivo que *ningún abogado aceptará la defensa de causas injustas.* En Els Furs de Jaime I el Conquistador se establece este juramento: *Juren los abogados una vez delante del Justicia que no empezarán ni continuarán pleito que no les parezca justo según su conciencia ni harán nada contra su conciencia.* Y en las Partidas: *Ningún hombre declarado infame puede ejercer la profesión de abogado.*

No hay que remontarse tantos siglos atrás para encontrar sabias consideraciones acerca de este oficio. Don Ángel Ossorio y Gallardo, en el decálogo de consejos que incluye en *El alma de la toga*, advierte: *Nunca pases por encima de un estado de tu conciencia.*

Claro que los escolásticos acuñaron aquel principio, *de facto ad posse valet ilatio*, que podría interpretarse como *del dicho al hecho hay un buen trecho*. O también *de lo pintado a lo vivo...*

*

El Colegio de Abogados de Madrid se fundó, por real cédula de Felipe II, el 15 de julio de 1596. Madrid, recién designada capital del reino, sumaba entonces una población de 14 000 habitantes. En sus comienzos, la corporación tuvo un carácter profundamente religioso, bajo la advocación de Nuestra Señora de la Asunción, y sus miembros asumían la obligación de asistir a la misa mayor y sermón el día de su festividad, así como las de la Navidad y Pascua, y de comulgar en ellas.

La presidía un decano *a quien todos han de respetar y obedecer*, cuatro diputados, un tesorero y un escribano en funciones de secretario. Se ordenaba a todos los abogados que fueran *muy modestos, como su hábito y profesión lo requieren,* y que dieran siempre buen ejemplo. También se regulaba *el socorro y patrocinio* en favor de los letrados en caso de enfermedad o prisión, así como el de sus viudas y huérfanos: indudable precedente, pues, de la actual Mutualidad de Previsión de la Abogacía. Otro precedente: ocho abogados experimentados cuidarían de la defensa de pobres vergonzantes en causas civiles y criminales. El turno de oficio, o sea.

Los Estatutos del Colegio de 1732 fijaban, entre las condiciones para ser abogado, la de que *los pretendientes, como sus padres y abuelos paternos, sean y hayan sido cristianos viejos, limpios de toda mala infección o raza, y sin nota alguna de moros, judíos ni recién convertidos a nuestra Santa Fe Católica.* Tan oprobiosa muestra de racismo fue abolida por las Cortes de Cádiz en la Constitución de 1812, restablecida por el felón de Fernando VII y definitivamente suprimida en 1823.[1]

1. Datos tomados del *Libro sobre la abogacía* de Luis J. Garrigues, en prepublicación en *Otrosí,* revista del Ilustre Colegio de Abogados de Madrid, junio de 1997.

[illegible] personalidades [illegible]
[illegible] Colegio [illegible]
[illegible] en la [illegible]
[illegible]
[illegible]
[illegible]
[illegible]
[illegible]
[illegible]
[illegible]
[illegible]
[illegible]

[illegible]
[illegible]
[illegible]

«ARS BONI»

Así se definió el Derecho, *ars boni et aequi*, o sea, el arte de lo bueno y equitativo. Si bien en ocasiones no basta contar con él para conseguir aquello que sería justo. La sabiduría popular refleja su escepticismo en numerosas máximas, que incluso no se detienen ni ante la providencia divina. Recuerden:

Llegaron los sarracenos
y nos molieron a palos
que Dios ayuda a los malos
cuando son más que los buenos.

En diciembre de 1851 y con ocasión del golpe de Estado de Napoleón el Pequeño, un grupo de diputados entró en el *palais* Bourbon y se dispuso a redactar un decreto de destitución de quien había traicionado su juramento de fidelidad a la República. Sorprendidos por las fuerzas sediciosas, se les ordenó abandonar el local; y de nada valían las protestas de los legisladores, empeñados en convencer a los soldados de que estaban colaborando en un delito dé alta traición, pues los rebeldes los amenazaban con sus bayonetas. Todo acabó —y no precisamente para ejemplo de juristas— cuando el presidente de la Asamblea, monsieur Dupin, dijo una frase ciertamente lamentable, aunque muy cierta:

—El derecho está de nuestra parte, pero estos señores tienen la fuerza. Vámonos.

Otras anécdotas históricas, sin embargo, nos devuelven la confianza en la ley. Federico el Grande, rey de Prusia, quería ensanchar su parque de Sans-Souci; el terreno colindante pertenecía a un molinero que bajo ningún precio aceptaba venderlo. Le hizo llamar el rey a palacio ofreciéndole un buen dinero, pero el vecino insistió en que nunca se desprendería de aquellas tierras que había recibido en herencia de sus padres. Irritado, Federico le hizo ver que, siendo el monarca, podía quitárselo sin pagar nada. Y el molinero le respondió:

—Eso... si no hubiese jueces en Berlín.

Y el rey no pudo ampliar sus jardines.

Cuando Cánovas del Castillo andaba empeñado en la difícil tarea de restaurar en el trono de España la dinastía borbónica, haciendo venir de su destierro al rey Alfonso XII, aunque mediante procedimientos absolutamente legales y, por tanto, pacíficos, eran muchos los que le acuciaban para que fomentase una insurrección armada. Contestó Cánovas:

—Para realizar el derecho no se necesita derramar sangre; basta con saber esperar.

Notoriamente, el general Martínez Campos no hizo caso de tan prudente criterio y se sublevó en Sagunto, proclamando rey al hijo de Isabel II. Pero su golpe de Estado no tuvo, por fortuna, consecuencias ingratas; en buena parte porque la opinión pública estaba ya muy concienciada gracias a la campaña de Cánovas del Castillo en favor de una restauración acomodada al Derecho.

*

Para júbilo de los colectivos feministas: según una locución latina (que esta vez traduzco), *a las mujeres, en ciertos casos, les está permitido ignorar el derecho*. Lo repito en versión original, para los iniciados en lenguas clásicas: *feminis in quibusdam causis, ius ignorare permissum est.*

Y ahora, para indignación de los mismos colectivos:

Non es guisada nin honesta cosa que la mujer tome oficio de varón.

Precepto de las Partidas en virtud del cual Alfonso X el Sabio prohibió a las mujeres ejercer la profesión de abogado. Pero aún es peor lo de fray Luis de León en *La perfecta casada*, capítulo XV: *A la mujer buena y honesta, la naturaleza no la hizo para el estudio de las ciencias ni para los negocios de dificultades.* Y lo de Juan Jacobo Rousseau, que no era precisamente un beato: *Una mujer culta es el azote de su marido, de sus hijos, de sus amigos, de sus criados, de todo el mundo* (libro I, cap. V del *Emilio*).

*

Bien pensado, aplicar las leyes no debía resultar tan difícil. Aunque La Bruyère afirmase que el deber de los jueces es hacer justicia, y su oficio, diferirla. Cervantes le hace decir a don Quijote, en su discurso a los cabreros, que en aquella *dichosa edad, siglos dichosos, la justicia se estaba en sus propios términos, sin que la osasen turbar ni ofender los del favor y los del interés, que tanto ahora la menoscaban, turban y persiguen.*

Debida nota tomó el bueno de Sancho Panza de estos juicios de su señor; por eso, cuando le embromaron nombrándole gobernador de la ínsula Barataria, dio un soberano ejemplo de cómo debe aplicarse la ley, ejercitando la suprema virtud de la equidad. Recordémoslo.

Comparece ante el gobernador una mujer acusando a un vecino de haberla deshonrado. La escucha Sancho, le promete hacer justicia y, cuando la presunta afrentada va a retirarse del salón, un alguacil, siguiendo las indicaciones de aquél, intenta arrebatarle la bolsa en la que lleva sus dineros. La mujer se resiste, lucha con ferocidad, cubre de golpes y patadas al ladrón hasta hacerle desistir de sus intentos. Entonces, Sancho le dice:

—Mujer, si hubieses defendido tu honra con el mismo tesón con que has defendido ahora tu bolsa, no la hubieses tampoco perdido.

*

En la pequeña ciudad irlandesa de Galway y en uno de los muros de la iglesia de San Nicolás, puede leerse esta inscripción:

Memoria de la estricta e inflexible justicia del primer magistrado de esta ciudad James Lynch Fitzstephen, ele-

gido alcalde en el año del Señor de 1493, que condenó y ajustició en este lugar a su propio hijo Gualterio, convencido de su crimen.

Así fue, en efecto. James Lynch (nada que ver con el americano que se hizo tristemente famoso por dar su nombre a los linchamientos, es decir, las ejecuciones populares sin previo juicio) era persona de gran integridad y notable jurisperito que por sus méritos fue nombrado alcalde de Galway y a quien, en virtud de la legislación de la época, correspondía impartir la justicia y ejecutarla.

En contraste con su probidad, su único hijo Gualterio fue muchacho disoluto y pendenciero; muy dado al vino y a los más infames vicios. Una noche, el joven apuñaló alevosamente a un soldado español, vizcaíno por más señas, dijeron que para robarle el dinero que le había ganado en el juego. Convicto y confeso del crimen, correspondió juzgarle a su padre.

Quien lo hizo con todo rigor, y con esa misma severidad le impuso la pena que, según la ley, le correspondía: muerte en la horca. También conforme a la ley, el alcalde debía presenciar la ejecución en la plaza Mayor y con asistencia de los vecinos. Pero éstos, horrorizados ante el drama de aquel padre justiciero, aunque —pensaban— tan poco humano, destrozaron el patíbulo e impidieron que el reo fuese sacado del calabozo.

James Lynch, entonces, se encerró en la prisión con los soldados, mandó atrancar la puerta y ordenó al verdugo que colgara a su hijo de una ventana. Una semana permaneció aislado de las gentes el alcalde, a solas con su conciencia. Después reasumió las funciones de su cargo y siguió administrando justicia hasta su muerte, ya muy anciano.

*

Quizás, tras recordar episodio tan dramático, convenga traer a colación estos versos de Concepción Arenal:

Casi siempre es injusticia
la austera severidad
y la dulce caridad
es casi siempre justicia.

O aquella frase de Metastasio en *Giuseppe: Sin la piedad, la justicia degenera en crueldad. Y la piedad, sin justicia, es debilidad.* (V. O.: *Senza Pietà, diventa crudeltà la giustizia. E la pietà, senza giustizia, é debolezza.*)

*

Atendiendo a estos principios, el conde de Villaumbrosa, a la sazón presidente de Castilla, señor de singular rectitud y sentido de la justicia, como recibiera una orden de la reina gobernadora doña Mariana de Austria para que mandase decapitar a un reo, sin someterle a ningún proceso, echó el pergamino real al fuego y comentó:

—Así cumplo yo orden tan contraria a mis obligaciones.

*

También incumplían el mandato de sus soberanos, aunque en estos casos por perfidia y afán de lucro, los virreyes, gobernadores y demás sujetos con poca vergüenza encargados de aplicar en los países recién descubiertos de América las muy cristianas, generosas, sociales y ejemplares Leyes de Indias. Cuando recibían las reales cédulas que desde Castilla les enviaban los Reyes Católicos, recomendándoles prudencia, honestidad, caridad, igualdad y buenos modos con los indígenas, las colocaban sobre su cabeza en señal de acatamiento a la autoridad real e inmediatamente declaraban en suspenso su ejecución. Mediante una fórmula administrativa que ha perdurado a través de los siglos:

—*Se acata, pero no se cumple.*

*

El *ars boni*, el Derecho, la ley, la justicia, han servido (y siguen sirviendo) como fuente preciosa para la literatura en todos sus géneros. Y para sus modernas versiones, el cine y la televisión. Lope de Vega cultivó con frecuencia el tema del rey justiciero y el del pueblo como supremo hacedor de la justicia: *Fuente Ovejuna, Peribáñez y el comendador de Ocaña, El caballero de Olmedo.* De *La ley ejecutada* son estos versos:

Pintaba la antigüedad
la justicia en la balanza
que parte en el cielo alcanza
por su divina igualdad.

Y los tres últimos versos del soneto que escribió cuando, en 1588, fue condenado a cuatro años de destierro de la corte por culpa de unos libelos difamatorios difundidos en su contra:

¡Oh justicia, oh verdad, oh virgen bella!
¿Cómo entre tantas manos y opiniones
puedes llegar al tálamo doncella?

La misma preocupación por el Derecho, por el *ars boni*, aparece en la obra de Cervantes, de Shakespeare, de Dickens, de Dante, de Victor Hugo. No digamos en la de Dostoievski: *Crimen y castigo, Los hermanos Karamazov*. Más recientemente, Pedro A. de Alarcón escribió un precioso cuento, *El clavo*, sobre los problemas de conciencia de un juez, que Rafael Gil llevaría al cine en 1946. Y Muñoz Molina, en *Sacco y Vanzetti*, recrea uno de los más conocidos errores judiciales; como Pilar Miró, cuando adapta a la pantalla *El crimen de Cuenca*. Y el malogrado Alfonso Grosso con *El crimen de los Galindos*, novela también hecha película.

El francés André Cayatte, tras ejercer varios años como abogado en París y escribir al propio tiempo novelas de éxito, se pasó al cine dirigiendo varios films sobre temas judiciales ciertamente importantes; a destacar *Justicia cumplida* y *No matarás*. Resulta imposible citar siquiera una pequeña parte de las películas americanas sobre temas legales; aunque sería imperdonable omitir *Testigo de cargo*, con un Charles Laughton interpretando a un inolvidable abogado defensor, maestro en todas las artes del oficio, y, por su carga dramática, *Vencedores o vencidos*, tremendo testimonio del siempre controvertido proceso de Nuremberg. Aunque, personalmente, pocas películas me han divertido tanto como *La costilla de Adán*, aquella que enfrentaba al severo juez Spencer Tracy con la abogada, y al tiempo su esposa, Katharine Hepburn.

Siempre los juicios quedan muy interesantes en la pantalla. No digamos cuando se plantean temas tan importantes como el del jurado: *Doce hombres sin piedad*. Lo cierto es que el público lo pasa la mar de bien cuando se le ofrecen escenas más o menos verídicas de presuntas vistas orales. Especialmente si se celebran conforme a las formas del proceso norteamericano, que permite a los abogados ir y venir por la sala, dirigirse cara a cara a los jurados, improvisar testigos y practicar las pruebas más insólitas. Y a los jueces hacer escuchitas al fiscal y al defensor, acordar *recesos* y aplicar una justicia ciertamente más a la pata la llana que la nuestra. Aquí nos tenemos que comprimir detrás de la mesa, accionar los brazos lo menos posible y aceptar resignadamente los rapapolvos del magistrado cada vez que decimos algo que no le parece bien.

Aunque ya hemos visto en anteriores páginas que también podemos replicar con dureza a Su Señoría. Sobre todo cuando no pensamos volver pronto por aquel juzgado...

[illegible] experimentica [illegible] de la [illegible] y no [illegible] dominar [illegible] [illegible] cuando [illegible] de [illegible] con [illegible] proceso de [illegible] Aunque [illegible] [illegible] [illegible] [illegible] aquella que [illegible] [illegible] Spencer [illegible] [illegible] [illegible]

[illegible] los [illegible] quedan [illegible] en la [illegible] [illegible] más [illegible] importancia como el [illegible] [illegible] es que [illegible] [illegible] cuando se [illegible] más [illegible] de [illegible] [illegible] al [illegible] y la [illegible] proceso [illegible] que [illegible] los [illegible] [illegible] a los [illegible] [illegible] las [illegible] [illegible] [illegible] [illegible] [illegible] [illegible] [illegible] de la [illegible] que [illegible] de las [illegible] [illegible] de [illegible] [illegible] [illegible] de [illegible]

[illegible] en [illegible] que [illegible] [illegible] [illegible] [illegible] [illegible] [illegible]

ÚLTIMAS Y DEFINITIVAS JOYAS DE LA PRÁCTICA JUDICIAL

Sentencia de un Juzgado de Instancia de Valencia, de 10 de diciembre de 1991, cuya titular femenina razona de la siguiente y curiosa forma la estimación que debe hacerse de la indemnización por *perjuicio estético,* advirtiendo previamente que habrá de ser distinta según quede afeado un hombre (*se le conceden menos puntos, tal vez por aquello de lo del hombre y el oso,* [sic]) o una mujer.

Dice así:

Dicha Orden Ministerial [la de 5-III-91] *hace gala de prejuicios maternalmente machistas, que esta Juzgadora se niega a aplicar; que le extirpen la matriz a una mujer deja de tener importancia si dicha mujer es mayor de 45 años (5 puntos) y tiene muchísima importancia si la mujer es menor de 35 años. Pero, ojo, si es menor de 35 y ya tiene dos o más hijos, no es tan importante. (Total, debe pensar el brillante cerebro redactor de esa Orden, ya ha usado bastante de ella, porque ¿para qué sirve la matriz si no es para tener hijos?) Eso sí, si la extirpación de la matriz es de una mujer menor de 35 años y sin hijos, se le dan hasta cincuenta puntos. Y es que, claro, una mujer que ya no puede tener más hijos es como un jardín sin flores ¿no?*

La destrucción del pene, por el contrario, es siempre importantísima secuela (40-50 puntos) sin distinción de edad ni de si existen o no hijos. (Da igual abuelito nonagenario, patriarca de numerosa prole, que mozalbete por estrenar y acreditar sus vigores.)

*

Diligencia de notificación negativa de sentencia:

En Elche, a 26 de abril de 1989. Yo, el Secretario, me constituí en el domicilio de A. H. V. y J. P. M., no pudiendo llevar a efecto la notificación de sentencia acordada, por haber fallecido los dos y desconocerse su nuevo domicilio. *Doy fe.*

*

Juzgado de Primera Instancia de Madrid:

Diligencia. *En Madrid, a 19 de noviembre de 1992. La extiendo yo, el Secretario, para acreditar que los presentes autos se encontraban en la localidad de Getafe en donde* [sic] *me he trasladado en el día de hoy para recogerlos después de una minuciosa búsqueda entre los diferentes legajos* apilados por el suelo, *de lo que paso a dar cuenta a Su Señoría.*

*

Un ciudadano de Roquetas de Mar publicó en la prensa su esquela mortuoria, en la cual, debajo del nombre y apellidos, se hacía constar que fue propietario de determinado bar y que había fallecido cristianamente, a la edad de cincuenta años, después de recibir los Santos Sacramentos y la bendición de Su Santidad. Su hermano Manuel participaba a sus amistades tan sensible pérdida, rogaba una oración por su eterno descanso y la asistencia a la conducción del cadáver desde su domicilio hasta la iglesia parroquial, donde se oficiaría la misa de córpore insepulto.

Y tan insepulto. Como que estaba vivo y bien vivo; aunque había montado el numerito de su presunta defunción para eludir el pago de una deuda de un millón de pesetas, por la que cierta entidad bancaria seguía el correspondiente procedimiento judicial.

*

El 2 de diciembre de 1986, un juez de Tolosa hacía constar, por medio de la oportuna diligencia, que, por hallarse de baja por enfermedad las dos auxiliares de la sección civil del juzgado, se comunicaba telefónicamente al superior jerárquico del proveyente semejante circunstancia, dejando en suspenso toda la tramitación de los asuntos civiles hasta que fuera subsanada la situación.

Poca eficacia debió de tener la llamada ya que, dos años largos más tarde (8-II-89), el mismo juzgado suspendía la continuación de un procedimiento *a la vista de la falta de personal existente en la sección civil.*

No se trata de un caso aislado. En 11 de mayo de 1987, otro juzgado, éste de Alicante, acordaba asimismo la suspensión de todos los asuntos civiles y de sus plazos ya que habían quedado vacantes la plaza de oficial y una de las dos de auxiliar, y era inminente el cese del único auxiliar que quedaba en la sección civil por haber solicitado su traslado.

Y todavía hay quien se asombra de la lentitud de la justicia española.

*

Verdadera joya de la literatura judicial la que reproduzco a continuación. Hay premio para quien, letrado o no, experto en criptología o mero aficionado a desentrañar palimpsestos, sea capaz de entender los considerandos que siguen, incluidos en una sentencia del Juzgado de Distrito de Guecho, de 5 de septiembre de 1985. (Dada la fecha, todavía se escribe así, en cristiano, el nombre de la ciudad. Ahora siempre le ponen Getxo.)

CONSIDERANDO: Que se ha establecido sustantación de existencia de incumplimiento contractual por la parte demandada, en subsumición relacional de carácter jurídico-bilateral con parte actora, bajo premisa de no cumplimiento obligacional extraído de relación cambiaria mercantil/bancaria.

CONSIDERANDO: Que en extracción de evento fáctico se produce allanamiento con anterioridad a la con-

testación a la demanda, factum que debe relacionarse con las siguientes premisas a) fecha de libramiento y b) fecha de vencimiento con extracción cognoscitiva de actitud negativa de resolución de problemática planteada por incumplimiento obligacional de parte demandada, con englobamiento de accionar general de entidad bancaria en práctica habitual orientada a resolución al margen de gestiones/planteamientos judiciales, con convicción jurídico formativa de conceptuación/relacional, con abatimiento de aplicación del párrafo 3 del Art. 523 de la Ley de E. Civil, conforme petitum de la demandada en allanamiento, con consiguiente imposición de costas.

*

Algunos jueces tienen un indudable sentido autocrítico. Así, uno de Palma de Mallorca, en auto de 28 de enero de 1987, comenzaba reconociendo: *cierto que la fundamentación del auto recurrido, por culpa de los impresos y de los ordenadores, es escueta.* Para después admitir, con encomiable sinceridad: *No es por ser el proveyente pejiguera, que sí que lo es, por lo que no ha despachado ejecución por la cantidad total solicitada.*

No era, en efecto, pejiguera en este caso. Pues más adelante razonaba:

Como en este oficio hay que hacer de todo, para no ser tildado de perezoso o de poco respetuoso con una ciencia que está en la base de todo pensamiento riguroso, aquí se dispone el proveyente en soleada mañana de domingo, salvando las caras de pocos amigos de la familia, a realizar tantos cálculos como sean precisos y estén a su alcance.

Con especial dramatismo, que debemos compartir, continúa así el atribulado juzgador:

Como no recuerda bien el método de calcular sumatorios de series indeterminadas determinales, ha de proceder por pasos aplicando sus rudimentos aritméticos al concreto problema planteado. Por la cuenta de la vieja, en una primera aproximación para el cálculo de los intereses de demora, obtiene el siguiente chorizo matemático [sic]*:* $I = C \cdot I'100\ (19/800 \cdot i + 2/3) + C \cdot i'/300\ (11/400i + I) + C \cdot i' \cdot i/800$*, en el que C es igual al capital prestado, i el tipo de interés del préstamo e i', el del interés de demora. Sacando factor común, y simplificando, la fórmula se reduce a la siguiente:* $I' = C \cdot i'/100\ (41/1200 \cdot i + I)$*. Otra fórmula más general requeriría más memoria y más domingo.*

Al llegar aquí, nuestra admiración hacia Su Señoría se hace infinita. Con mayor motivo cuando, confirmando su abnegación y sentido del deber, sigue argumentando:

Como no es cosa de tirar un domingo a la papelera y teniendo el proveyente una máquina de escribir nueva (regalo de Reyes), se deja escrito lo que va y se sigue el razonamiento...

Es de suponer que los Reyes Magos del siguiente año le dejarían al estupendo juez no una máquina de escribir, sino una de calcular. Se la tenía más que merecida.

*

Sin ningún eufemismo, con absoluta y diáfana claridad, muy de agradecer, el juez de Palma de Mallorca que dedicó aquella soleada mañana de domingo y su máquina de escribir nueva a efectuar asombrosos equilibrios matemáticos no dudaba dar en otra sentencia (17-XI-86) un merecido palmetazo nada menos que al señor ministro del ramo. *Voilà:*

Resulta, al menos, chocante, para quien es juez por oficio (no faltaron las críticas en su momento) que el Ministro de Turno venga a facilitarle la labor y a interpretar el Derecho. Y tanto antes como después de la Constitución ha sido tenido por pacífico que tal cometido es función exclusiva de los Jueces, salvando el supuesto de interpretación auténtica, que no es en el que nos encontramos, visto el origen y rango de la norma. Además de un plumazo se carga los arts. 1214 y 1233 del Código Civil y 48 del Código de Comercio. En fin, se agradece el trabajo y sin comentarios...

Eso es: sin comentarios.

*

Por si los expertos en criptología o los aficionados a descifrar palimpsestos no han conseguido dar con la traducción al lenguaje común e inteligible de las joyas anteriormente ofrecidas, les presento otra: sentencia de un Juzgado de Primera Instancia de Lugo, 1985, muestra prodigiosa de terminología incomprensible.

1) CONSIDERANDO: Que moviéndonos dentro de la teoría general del proceso, la que, por tanto, entorna, a los jueces ejecutivos y en gracia a la inconveniencia de estricto entalle formalístico que, en tan rituario parámetro, enarbola los cuatro ejecutados, cumple, con prioridad al justiprecio de las excepciones, motivo oposicional y causa de nulidad, con que ítem puedan acorazarse desde otras perspectivas, los accionados, escrutar el aducido óbice que prima facie, encuentra apoyo en el art. 533 de la Ley de Enjuiciamiento Civil.

2) CONSIDERANDO: Que al estudiar la etiología del específico apoderamiento que blande el procurador de autos, don ... rutila que ha sido su concreto poderdante don ..., el cual interviene en Lugo. Bajo fe de notario, el día 12 de marzo de 1984, en concepto de representante de ..., ocurriendo, empero que, para suscribirse tal negocio al dicho causídico, se apoya exclusivamente don ..., en un contrato homologado que, individualizándolo con la expresión «sustitución parcial de poder a él, a su vez, le confirió el 11 de octubre de 1979 don ..., donde se lee, tras amplias facultades —entre ellas aparecen las idóneas para entablar la presente lid— que le otorga para viabilizar en Juzgados y Tribunales, que puede sustituir aquéllas en favor de procuradores, sin embargo, al no haber acreditado en lo suficiente, el curial, aquí postulante, y a su cargo gravitaba a tenor del art. 1214 del Código Civil que el citado Sr. ..., de quien no consta dato alguno que coadyuve a su identificación —disfrutaba, por haberlos previamente recibido de persona apta de los derechos que, cara al ejercicio de acciones ante los discasterios jurisdiccionales, transmitió, al varón de quien trae inmediata causa el nombrado profesional, asoma, por ello, contundentemente, dada la total ausencia de las sólo posibles estipulaciones con que ex tunc quizás ha sido previsto el Sr. ..., una incoherencia de base y el sentado dislate encuentra su perfecta traducción, máxime, por la absoluta imposibilidad de contrastar el sucesivo acoplamiento de partes con retroacción al ente representado, en la INSUFICIENCIA que merita el opúsculo 3.º del traído art. 533, y ello, conlleva a la exhumada falta de personalidad del procurador de la firma ejecutante.

*

El Tribunal Supremo no sólo dicta sentencias que son un modelo de juridicidad; no sólo interpreta y aclara las normas del Derecho positivo. También, en ocasiones, extiende sus criterios al terreno industrial. Compruébenlo en ésta de la Sala III, de 23 de diciembre de 1985, en la cual se nos ilustra doctamente acerca de lo que debemos entender por un *jeep*. Sí, ese vehículo todo terreno.

El vehículo reúne las características morfológicas y técnicas que definen a los denominados tipo «jeep», sin que sea necesario que tales vehículos, deban tener, además, una aplicación exclusiva para usos industriales, comerciales o agrícolas, ya que pueden tener un uso distinto ... determinándose con claridad en el correspondiente dictamen, que el vehículo en cuestión, a pesar de las mejoras introducidas en el confort interno del mismo y en su estética, más armoniosa que la de los primitivos «jeeps», tiene las características técnicas de éstos, por su tracción independiente a las cuatro ruedas, resistencia y rigidez de la caja y volumen de carga, lo que le convierte en un vehículo de uso múltiple y todo terreno. Además, el modelo que ahora se analiza presenta unas características semejantes a las del Japster Comando, modelos cortos de la marca Mercedes y determinados tipos del denominado Land Rover Ligero.

Podría glosar el sentido amplio, ecuménico, casi cósmico de la justicia. Pero no me siento inspirado.

*

Me cuenta mi amigo Eduardo que, en una de sus primeras actuaciones como fiscal, el presidente dc la sala, antes de comenzar la vista oral de una causa por abusos deshonestos, le hizo determinadas advertencias:

—Tenga en cuenta que la letrada de la acusación particular es una muchacha joven, de muy buena familia, educada en colegio religioso. Por tanto, y dado lo espinoso del asunto, procure usted moderar el lenguaje, buscando describir los hechos con la mayor delicadeza...

Y así lo hizo Eduardo, que utilizó los sinónimos más finos en su interrogatorio al procesado: felatio, coito, yacimiento, cohabitación, cunnilingus...

La joven abogada, de buena familia y educada en colegio religioso, al llegarle el turno de interrogar planteó así su primera pregunta:

—Confiese ser cierto que obligó a la víctima a chuparle la polla.

*

Bueno será terminar con otra verídica anécdota, reveladora de la condición humana de los magistrados, perfectamente compatible con su sabiduría jurídica y su rigor profesional.

Se juzgaba en la Audiencia de Sevilla a la dueña de un prostíbulo, acusada de ejercer como proxeneta, provocar escándalo público e incitar a la prostitución. Entró la rea en la sala con los ojos bajos, el semblante contrito, las manos juntas sobre el pecho, y ocupó el banquillo, siempre con la vista clavada en el suelo. El presidente del tribunal le ordenó:

—Póngase en pie la procesada.

Y ella, entonces, levantó la mirada por vez primera y, sin disimular su asombro, exclamó:

—¡Tomasito! ¡Si eres tú! ¡Qué casualidad...!

AUTO DE CONCLUSIÓN

Lo pongo yo, Fernando Vizcaíno Casas, para testimoniar que en el día de la fecha se terminó de escribir este libro, intitulado *HISTORIAS PUÑETERAS* y compuesto de 164 folios, que veremos cuántas páginas dan al ser llevados a la imprenta. Hízose con la mejor intención, a la par didáctica y humorística, y en cierta medida como homenaje y recuerdo a los 46 años que el suscribiente lleva ejercitando este oficio de abogado, con vocación, estudio, sufrimientos y paciencia. Sobre todo paciencia. De todo lo cual doy fe. En Madrid, a 29 de septiembre del año del Señor de MCMXCVII.

DILIGENCIA PARA MEJOR PROVEER

Se dicta para hacer constar el agradecimiento del autor, a la par que compilador de textos, a los ilustres compañeros, eminentes magistrados y egregios juristas que tuvieron la bondad, magnanimidad, gentileza y longanimidad de facilitarle preciosa documentación.

Muy especialmente y sin que el orden de citación suponga preeminencia en la gratitud a: Luis Lerga, Federico Sánchez Cánovas, Cesáreo Rodríguez-Aguilera, Eduardo Torres-Dulce, Antonio de Oro Pulido, Ángel González Jurado, Alejandro Corniero, Carlos de la Haza y Juan M. Echevarría. *Merci beaucoup. Laus Deo.*

Impreso en Talleres Gráficos
HUROPE, S. L.
Lima, 3 bis
08030 Barcelona